AF671089

Tucholsky Wagner Zola Scott Sydow Fonatne Freud Schlegel
Turgenev Wallace
Twain Walther von der Vogelweide Fouqué Friedrich II. von Preußen
Weber Freiligrath Frey
Fechner Fichte Weiße Rose von Fallersleben Kant Ernst Richthofen Frommel
Hölderlin
Engels Fielding Eichendorff Tacitus Dumas
Fehrs Faber Flaubert
Eliasberg Ebner Eschenbach
Feuerbach Maximilian I. von Habsburg Fock Eliot Zweig
Ewald Vergil
Goethe Elisabeth von Österreich London
Mendelssohn Balzac Shakespeare Dostojewski Ganghofer
Lichtenberg Rathenau
Trackl Stevenson Hambruch Doyle Gjellerup
Mommsen Tolstoi Lenz
Thoma Hanrieder Droste-Hülshoff
von Arnim
Dach Verne Hägele Hauff Humboldt
Reuter
Karrillon Rousseau Hagen Hauptmann Gautier
Garschin
Defoe Baudelaire
Damaschke Hebbel
Descartes
Hegel Kussmaul Herder
Wolfram von Eschenbach Schopenhauer
Darwin Dickens Rilke George
Bronner Melville Grimm Jerome
Bebel
Campe Horváth Aristoteles Proust
Voltaire Federer
Bismarck Vigny Barlach Herodot
Gengenbach Heine
Storm Casanova Tersteegen Grillparzer Georgy
Lessing Gilm
Chamberlain Langbein
Gryphius
Brentano
Lafontaine
Strachwitz Claudius Schiller Kralik Iffland Sokrates
Schilling
Bellamy
Katharina II. von Rußland
Gerstäcker Raabe Gibbon Tschechow
Löns Hesse Hoffmann Gogol Wilde Vulpius
Gleim
Luther Heym Hofmannsthal Morgenstern
Klee Hölty
Goedicke
Roth Heyse Klopstock Kleist
Luxemburg Puschkin Homer
Mörike
La Roche Horaz Musil
Machiavelli
Kierkegaard Kraft Kraus
Navarra Aurel Musset
Lamprecht Kind Kirchhoff Hugo Moltke
Nestroy Marie de France
Laotse Ipsen Liebknecht
Nietzsche Nansen
Marx Ringelnatz
von Ossietzky Lassalle Gorki Klett Leibniz
May
vom Stein Lawrence Irving
Petalozzi
Platon Knigge
Pückler Michelangelo Kafka
Sachs Poe Kock
Liebermann
Korolenko
de Sade Praetorius Mistral Zetkin

Der Verlag tredition aus Hamburg veröffentlicht in der Reihe **TREDITION CLASSICS** Werke aus mehr als zwei Jahrtausenden. Diese waren zu einem Großteil vergriffen oder nur noch antiquarisch erhältlich.

Symbolfigur für **TREDITION CLASSICS** ist Johannes Gutenberg (1400 — 1468), der Erfinder des Buchdrucks mit Metalllettern und der Druckerpresse.

Mit der Buchreihe **TREDITION CLASSICS** verfolgt tredition das Ziel, tausende Klassiker der Weltliteratur verschiedener Sprachen wieder als gedruckte Bücher aufzulegen – und das weltweit!

Die Buchreihe dient zur Bewahrung der Literatur und Förderung der Kultur. Sie trägt so dazu bei, dass viele tausend Werke nicht in Vergessenheit geraten.

Traumkristalle

Kurd Laßwitz

Impressum

Autor: Kurd Laßwitz
Umschlagkonzept: toepferschumann, Berlin

Verlag: tredition GmbH, Hamburg
ISBN: 978-3-8424-9160-1
Printed in Germany

Ziel der TREDITION CLASSICS ist es, tausende deutsch- und fremdsprachige Klassiker wieder in Buchform verfügbar zu machen. Die Werke wurden eingescannt und digitalisiert. Dadurch können etwaige Fehler nicht komplett ausgeschlossen werden. Unsere Kooperationspartner und wir von tredition versuchen, die Werke bestmöglich zu bearbeiten. Sollten Sie trotzdem einen Fehler finden, bitten wir diesen zu entschuldigen. Die Rechtschreibung der Originalausgabe wurde unverändert übernommen. Daher können sich hinsichtlich der Schreibweise Widersprüche zu der heutigen Rechtschreibung ergeben.

Unverwüstlich

Was marterst du das arme Hirn
Mit Fragen und mit Schlüssen?
Komm her und laß dir von der Stirn
Die finstern Falten küssen!
Mit Sorgen hast du nachgedacht
Dem Laufe dieser Dinge
Und zweifelst, ob der Liebe Macht
Den Weltprozeß bezwinge?

Wenn ich dir in die Augen schau',
Die lieben, klaren Augen,
Dann wissen wir ja ganz genau,
Warum wir für uns taugen.
Wir waren stets uns zugesellt,
Willst du dich recht entsinnen,
Seitdem im Raum sich dehnt die Welt
Und seit die Zeiten rinnen.

Ich glaube, daß du neben mir
Zum Zentrum dich gerichtet
Zuerst, da als Atome wir
Zur Sonne uns verdichtet.
Wir flogen dort schon Arm in Arm
Beim ersten Gravitieren,
Und wurden so gemeinsam warm
Und konnten oszillieren.

Und als der Nebelring in Glut
Geschleudert ward ins Weite,
Nicht sank uns der Atomen-Mut,
Du flogst mir zum Geleite.
Und als die Erde sich geballt,
Da hielt es uns nicht länger,
Uns band der Liebe Vollgewalt
Im Molekül noch enger.

Doch ach, entsetzlich war die Zeit,
Kaum mag ich mich erinnern;
Wir wurden grausam bald entzweit,
Mich trieb es nach dem Innern.
Dann sucht' ich, ach, von Ort zu Ort
Umsonst, die ich erkoren, –
Ich glaubte schon, es riß dich fort,
Als wir den Mond verloren.

So lebten fern wir und allein
Millionen wohl von Jahren;
Mein Herz, mein Herz war ewig dein –
Erst spät hast du's erfahren.
Als das Geschick von dir und mir
Sich endlich ließ erbitten:
In der Grauwacke krebsten wir
Als kleine Trilobiten.

Als in der Kohlenformation
Wir dann uns wiederfanden,
Warst du ein Labyrinthodon,
Ich lag in deinen Banden.
Auf deinen holden Wickelzahn
Sang ich ein Lied alsbalde,
Sah ich dich mir von ferne nah'n
Im Sigillarienwalde.

Im Trias und im Jura auch
Und im System der Kreide
Warst du nach treuer Liebe Brauch
Mir Trost und Augenweide.
Wir wurden endlich miozän
Und Säugetier-gestaltet;
Und selber in der Eiszeit Weh'n
Sind wir uns nicht erkaltet.

Und immer klüger wurden wir,
Als Jahr' auf Jahre gingen;
Ich bin gewiß, nur neben dir

Zum Menschen könnt' ich's bringen.
Denkst du daran, wie um und um
Vor uns die Tiere zagten,
Als wir noch im Diluvium
Den Höhlenbären jagten?

Mit meiner Axt von Feuerstein
Hab' ich in jenen Tagen
Rhinozerosse kurz und klein
Zur Freude dir geschlagen.
In unsrer Höhle saßen wir
Aus Knochen Mark zu saugen,
Und schon wie heute sah ich dir
In die geliebten Augen.

Und wo wir auch im Lauf der Zeit
Noch später uns getroffen,
Du warst allein in Luft und Leid
Mein Sehnen und mein Hoffen,
Ob wir am heil'gen Nilusstrand
Zum Isissterne blickten,
Und ob wir im gelobten Land

Vom Stock die Traube pflückten;
In Aphroditens heil'gern Hain
In stillen Mondesnächten,
Wie in des Zirkus dichten Reih'n
Beim grimmen Todesfechten;
Nach blutiger Barbarenschlacht
Im Flammenschein der Städte,
in deutsche Kirchen düstrer Nacht

Bei Weihrauch und Gebete.
Und heute wieder ganz modern
Lieb' ich dich ohne Maßen.
Ich grüße höflich dich von fern,
Treff ich dich auf den Straßen.
Dein Bild, gemalt vom Sonnenstrahl,
In meiner Tasche trag' ich,

In Versen meine Liebesqual
Dir durch die Reichspost sag' ich.

Es zischt der Dampf, es saust das Rad,
Es regt sich ohne Endnis.
Es ringt die Welt mit Wort und Tat
Nach freier Selbsterkenntnis.
Und wenn zu neuem Leben wir
Hier wiederum erwachen,
Dann fahr' ich durch die Luft mit dir,
Sturmgleich, im Flügelnachen!

Jahrhundertmärchen

Will die Knospe noch immer nicht springen? Jetzt muß doch bald die ersehnte Stunde kommen, da sie sich öffnet, daß er hinausblicken kann und die lichten Sterne schaun und das Land, das er vor allem liebt – – Dauert denn ein Jahrhundert so lange, selbst für einen kleinen Kulturgeist, der sonst durch die Zeiten fliegt wie ein Sonnenblick durch den Weltraum?

Aber er sitzt ja im Gefängnis! Da kann er nichts tun als träumen, träumen von dem letzten frohen Tage, an dem er draußen war, träumen von dem nächsten, der nun kommen muß – – Regt sich die Knospe noch nicht? Ach, nur in der seltenen Neujahrsnacht, wenn ein neues Jahrhundert anfängt, dann ist ihm ein Tag der Freiheit gegönnt. Dann durchschaut er mit seinen hellen Geisteraugen die Dinge und Menschen nah und fern. Und dann hat er wieder ein Jahrhundert Zeit, nachzudenken, wie es wohl das nächste Mal sein wird.

Ungeduldig pocht er mit den kleinen Geisterfäusten an die Wand des grünen Gefängnisses. Und da sie nicht weichen will, faltet er die Flügel zusammen und träumt wieder.

Wie wird es diesmal draußen aussehen? Wie mag's seinem guten Freunde gehen, den sie den Michel nennen? Eigentlich ist der ja dran schuld, daß der kleine Kulturgeist eingesperrt wurde. Es ist freilich schon lange her – –

Damals war er ganz vergnügt umhergeflogen, weit hinweg von sonnigen Geländen bis zu den dunkeln Fichten am Nordmeer. Dort sah er einen Riesenknaben ausgestreckt, der schlief zwischen den Muscheln am flachen Strande, seine starke Faust umklammerte den entwurzelten Stamm einer jungen Fichte, und wild hingen ihm die blonden Locken über die geschlossenen Augen. Sofort war der Kleine von dem jungen Riesen entzückt. Die Augen wollte er sehen, die Augen! Und rasch schob er die Haare vom Antlitz zurück.

Aber das war gerade der Zauber. Die Lider aufreißen, daß es hervorquoll wie ein Himmel blauen Lichts, aufspringen und lockenschüttelnd, den Baumstamm schwingend hinwegtoben, das hatte der Riesenjunge im Augenblick getan. Erschrocken starrte ihm der kleine Kulturgeist nach. Doch da hatte ihn auch schon jemand an den Flügeln und schüttelte ihn. Das war der Genius der Menschheit selbst.

»Was fällt dir ein«, herrschte der ihn an, »meinen weisen Zauber zu brechen? Der Junge sollte noch schlafen, bis er verständiger geworden ist. Nun hast du mir tausend Jahre Geschichte ruiniert! Jetzt läuft der Bengel hin und schlägt mir den kranken Onkel Römerreich tot und die alte Erbtante Antike und versteht doch ihr Testament noch gar nicht zu lesen! Das wird ein schönes Mittelalter werden! Aber dich, vorwitziger Schwarmgeist, will ich zur Strafe in die Fichte im Zauberwald sperren. Nur in der Neujahrsnacht eines neuen Jahrhunderts öffnet sie eine Knospe, und dann magst du hinausgucken, und sonst nicht!«

Und so saß denn der Kleine im grünen Kerker. Wenn aber der Tag der Freiheit kam, dann sah er die Dinge mit Verstand an; denn er war jetzt nachdenklich geworden. Und den Riesenjungen, der inzwischen herangewachsen war, besuchte er gern. Dem war's auch nicht immer gut gegangen. Der totgeschlagene Onkel ging in langer Kutte als Geist in seinem Hause um, und Michel mußte sich hübsch still und folgsam ducken. Und vorgestern, als Geistchen das vorletzte Mal draußen war, da hatten sie den Michel ganz windelweich geschlagen, da saß er zusammengebückt und festgeschnürt und schlief. Aber das letzte Mal, da war's schon besser. Zu einem Manne war er erstarkt; Arme und Füße waren noch gefesselt, den Kopf aber trug er wieder aufgerichtet, groß leuchteten die blauen Augen, doch nicht mehr wild, die Locken waren von der Stirn zurückgestrichen, und Gedanken sah man darunter gehen – wunderbare, tiefe Gedanken, wie sie der Menschheit noch nie erblüht waren – –

Ja, das war überhaupt ein herrlicher Tag!

Wie er an dem Hause vorüber kam und in das Zimmer spähte, wo die beiden Dichter miteinander sprachen. Das war eine neue Welt!

Der Große, dem die Götteraugen so siegreich strahlten, als schaue er die Zukunft vor sich wie eine offene Tempelhalle, – das war Goethe.

Und der andere, der den Kopf in die Hand stützte und nachsann, – das war Schiller.

Und vor ihm das aufgeschlagene Buch mit dem gelehrten Titel, – das war von Kant.

Wovon sprachen sie doch? O, er erinnerte sich wohl. Er hatte ja ein Jahrhundert Zeit gehabt, darüber nachzudenken.

Von der Menschheit sprachen sie, von dem großen Jahrhundert, das mit dieser Nacht vorübergerauscht war. Von der Menschheit, die nun zum ersten Male mündig geworden sei, da sie das neue Wort begriffen hatte: »Bestimme dich aus dir selbst!«

Ja, sie hatte sich aus sich selbst bestimmt, den Spukgeist vertrieben und die lebendige Natur befragt, die Millionen Welten, die draußen im unendlichen Nachtraum strahlten, die grünen Fluren und das wogende Meer und den Berge gebärenden Erdball.

Und sich selbst hatte sie befragt, nach ihrem Recht und nach ihrer Pflicht. Da klang aus ihrer eigenen heiligen Tiefe der befreiende Ruf: Du sollst! Handle gut aus Achtung vor deinem Gesetz! Handle gut um der eigenen Würde willen, die dem Menschen gebührt, einem jeden! Das Unabänderliche und das Unerreichbare, vereine es in dir, daß es golden leuchte im freien Spiel der Seele! Verschmilz es im schönen Scheine zum Ideal, daß es dich packe mit der warmen Wirklichkeit des Gefühls, daß es dich durchflute und läutere mit dem heiligen Schauer, der dem Augenblick Dauer verleiht! Vertrauend blick hinein ins Gewirr der Arbeit, daß du das Ganze schon siehst, wo noch die Rüststücke splittern, daß du selbst dich aufbaust zur Menschenhöhe!

So schauten diese Männer in das kommende Jahrhundert.

Und das Jahrhundert schaute auf sie, auf die Unsterblichen, die einer neuen Menschheit ihren Odem eingehaucht hatten.

Glückliches Land, das diese Männer sein nennen durfte! Glückliches Jahrhundert, an dessen Wiege diese Götterpaten die unvergänglichen Gaben zurückließen, die drei ewigen Lampen der Freiheit, der Würde, der Schönheit – – –

Wieder sind hundert Jahre vorüber. Auf dem Werk jener Gewaltigen fußend, welch erhabene Genien müssen am Ende des neuen

Jahrhunderts wandeln, müssen dem zwanzigsten den Gruß des Willkomms singen und sagen? O wenn die Knospe endlich sich öffnete!

Und ehrfurchtsvoller Schauer durchzittert das Herz des kleinen Gefangenen.

Und da – siehe – es wächst, es dehnt sich das grüne Gewölbe – und es schimmert von außen – –

Die Knospe springt auf – o Seligkeit! Offen liegt der Himmel, liegt Land und Meer – und alles auf einmal umfaßt der Geisterblick.

Er starrt und starrt. Die Genien sucht er, die großen Unsterblichen, die das Geheimnis des neuen Jahrhunderts zu verkünden wissen, der Zeit, die sie selbst geschaffen – rein und klar, wie es nimmer zuvor die Menschheit vernommen.

Er starrt vergebens, er findet sie nicht. Sie sind nicht da – nicht ein einziger ist da.

Und dem kleinen Kulturgeist rinnen die Tränen herab. Große, runde Tränen, aus denen der weite Himmel glänzt.

Und wie sie fallen, zerstieben sie in Millionen Tröpfchen. Demantstaub ist über die Erde gestreut, und das ganze Land leuchtet.

Wie anders sieht es nun aus!

Millionen und aber Millionen Sternchen schlingen ihre Strahlen ineinander. Sie ergänzen sich, sie verstärken sich zu mildem Lichte.

Und nun erblickt er die neuen Menschen. Wie das ineinander wirkt, wie sich das zusammenschließt, wie das hinübergreift über die Erde mit Riesenarmen, die allen gemeinsam gehören, auch dem Kleinsten! Dort jagt es durch die Lande, dort dampft es über das Meer, dort zuckt es Kunde, redet Sprache im Augenblick durch Fernen, zu denen die Schnellpost Tage brauchte. Das sind die neuen Nerven in einem neuen Riesenleib, das sind die neuen Riesen, die lebendig gewordene Natur in einem großen Willen, das sind die Riesen der Arbeit, der Pflicht, der Hoffnung.

Die großen Genien schweben leuchtend im Äther, aber im Lande schafft ein *großes Volk* – – – Und nun erblickt der kleine Kulturgeist seinen Freund, den Michel. Höher noch ragt der mächtige Kopf, aber auch die Arme sind frei, und mutig umfassen sie den Erdball. Nur noch die Füße sind gefesselt.

Der Genius der Menschheit schwebt vorüber.

Fragend fleht zu ihm das Geistchen:

»Warum willst du meinem Freunde nicht auch die Füße lösen?«

Der aber winkt majestätisch:

»Hüte dich, hüte dich! Hast du noch immer nicht Geduld gelernt? Marsch mit dir hinein in die Knospe! Dort harre, was dein nächster Tag dir bringen wird.«

Der gefangene Blitz

Ich bin geboren –

»Geboren? Was ist das wieder für ein Unsinn? Eine von den Dummheiten der Menschen, worauf sie sich noch etwas einbilden. Ich bin nicht geboren, bin niemals geboren worden. Oder bist du vielleicht geboren, altes Zählwerk?«

»Tick-tack, tick-tack«, sagte die Uhr im Zählwerk des elektrischen Stroms.

»Sprich deutlicher, ich verstehe dich nicht«, rief die Glühlampe.

»Weiß nicht, ob ich geboren bin«, antwortete die Uhr. »Ich habe noch nie darüber nachgedacht. Aber ich habe schon viele Glasbirnen, wie du bist, sich zu Tode brennen sehen, also werden sie wohl auch geboren worden sein.«

»Rede nicht so dumm! Bin ich die Glasbirne? Bin ich der Kohlenfaden? Du freilich, du bist ein trauriges Federwerk, du wirst aufgezogen, sonst läufst du ab. Aber ich – ich bin ganz etwas anderes.«

»Tick-tack, tick-tack –«

»Jetzt freilich haus' ich in einer Glühlampe, jetzt leucht' ich nur auf den Tisch hier, auf die blauen Hefte und auf die weißen Bogen, und auf den Menschen – Aber einst – Soll ich dir's erzählen?«

»Warum fragst du erst? Du wirst mir's ja doch erzählen.«

»Du magst recht haben, langweiliger Zähler! Es kann nicht jeder Tag und Nacht nur Tick-Tack machen. Ja, es gibt Zeiten, in denen ich gern rede; muß ich doch oft so lange schweigen! Aber wenn ich glühe, so red' ich auch. Und wenn du's nicht hören willst, werd' ich's dem Menschen dort erzählen, obgleich er geboren ist.«

»Dem? Und der soll dich verstehen?«

»Ob er mich versteht? Ich leuchte ihm ja doch.«

»Das mußt du –«

»Mußt? Ärgre mich nicht! Unterbrich mich nicht immer! Ich schwinge eben, da muß sein Gehirn mitschwingen. Dann sieht er die Dinge rings umher. Das ist unsre Sprache. Farbe, Farbe! Die geb' ich! Hast du nie gesehen, wenn er in die blauen Hefte schreibt, da fließt es rot aus seiner Feder, und auf der Stirn ist ein dunkler Streifen, und sein Gesicht wird ganz bleich. Aber wenn er in das kleine schwarze Buch schreibt, da schreibt er schwarz, und seine Wangen röten sich und seine Augen leuchten blau.«

»Was du nicht alles weißt! Aber jetzt schreibt er auf die großen Bogen. Das verstehst du nicht.«

»Wie? Ich könnt's nicht lesen? Wir Geister vom Äther durchstrahlen die Welt, unser Wissen reicht weit wie des Vaters Riesenarm. Dort auf dem großen Bogen steht ein Gesuch, eine Bitte, man möge ihm etwas gewähren um – seine Gesundheit – da bei der starken Inanspruchnahme seiner – ja seiner –«

»Siehst du! Du kannst es nicht lesen.«

»Ich kann es lesen, ich will nur nicht! Ich mag das Wort nicht!«

»Was ist es denn?«

»Laß mich! Auf dem andern Blatt steht, wer er ist. ›Ich, Karl Theodor Matthof, bin geboren zu Waidenburg als Sohn des Kaufmanns Emil Matthof und seiner Ehefrau Karoline, geborene –‹ Schon wieder eine geborene! Ich hab' es satt! Ich bin nicht geboren, ich nicht! Höre mich!

Droben im Raum, wo die Planeten schwingen, da weckt mich die Mutter, die dampfende Erde, vom Schlummer auf, so oft sie den Vater, den endlosen Äther, in ihrem tanzenden Wirbel küßt. Da ström' ich hernieder, da steigen die Lüfte, da ball' ich die Dünste zu wogenden Wolken, da jag' ich den Sturm in der Sommernacht zu heißer Begierde – so wach' ich und lebe!«

»So wach' ich und lebe.« So schrieb der Mensch in seinen Lebenslauf, dessen Anfang auf dem Papier stand. Dann faßte er sich an den Kopf, sah erstaunt auf die Worte, die er geschrieben hatte, schob das Blatt zur Seite und warf die Feder fort.

Er lehnte sich in seinen Stuhl zurück und ließ die Hände müßig herabsinken. Seine großen, klaren Augen aber richteten sich auf den milden Schein der Lampe über seinem Tische, und es war, als ob die Lampe immer weiter und weiter hinausrückte. Da glitten die Achsen seiner Augen langsam auseinander, bis sein Blick in unendlicher Ferne haftete, und die Nähe war ihm entschwunden.

Die Lampe zuckte mit einem triumphierenden Aufleuchten zu dem Zählwerk hinüber und sprach weiter:

»Ich bin nicht geboren – ich wachte nur auf und werde schlummern und wieder wachen. – Siehst du dort auf dem Bilde die weißen Spitzen über die dunklen Felsen ragen? Siehst du aus dem Gletscher den Bach entspringen? Erkennst du den geborstenen Stamm der verkrüppelten Kiefer? So sah es aus, wo ich zuerst erwachte.

Dort traf ich die Stämme im Urwald der Berge, sie krachten und stürzten, und prasselnd warf ich den eisigen Hagel ins Tal hernieder. O wilde Luft, o goldene Freiheit! Ich war das Wetter, ich war der Blitz! Von Wolke zu Wolke sprang ich im Lichtleid, von der Wolke fuhr ich hinab zum Boden im schmetternden Strahl, die Felsen spaltend, und aufwärts wieder zur dunklen Wolke strömt' ich im Spiele der Äthergeister. Du altes, armes Uhrwerk, was weißt du von des Ätherkindes himmlischer Freiheit? Kennst du die stille, schwüle Julinacht mit dem schweren, sehnsüchtigen Blumenduft, wenn die verliebten Mondstrahlen über die Halme der Wiese gleiten? Dann schmiegt' ich mich innig an die ruhende Luft und lockte sie schmeichelnd empor, und wie wir schwebten engumschlungen, weinten wir Tränen der Wonne. Die kleinen Nebeltröpfchen, von meinem heißen Atem gescheucht, ballten sich im Mondenglanz zur weichen Rundung der weißen Wolke.«

Der Mensch in seinem Stuhle seufzte leise. Er griff wieder nach der Feder, aber den großen Bogen und den Stoß blauer Hefte schob er unwillig beiseite. Er nahm sein kleines Buch und schrieb hinein. Und die Lampe sprach weiter:

»Im Sonnenschein hüllt' ich mich spielend in den Schleier des Staubbachs. Da schaut' ich Menschen im einsamen Bergtal. Seltsamen Weg bauten sie, die Felsen sprengend; über die Schlucht warfen sie die schlanke Brücke. Eiserne Schienen lagen am Boden, weit gedehnt. Da glitt es sich herrlich bergauf, talab, viel leichter und glatter, als wenn ich zuckend die Lüfte zerteilte. Dann spannten sie glänzende, rotfunkelnde Drähte über den Schienen in der Höhe. Die lockten mich mächtig, auf ihnen zu gleiten, wenn ich in brausenden Wettern über die Höhen einherfuhr. Und doch war's, als erlahmte mir die Kraft, sobald ich ihnen nahte. Als ob ein unbekanntes Gebot mich hinderte, im freien Spiel zwischen Wasser und Wolken einherzutanzen. Mich warnte die Mutter Erde, ihre Stimme hört' ich drohend im Donner, mit dem sie mich anrief, wenn ich in meinen Launen tobte.

›Störe nicht Menschenwerk! Störe nicht Menschenwerk!‹ So klang die Warnung.

Ich verstand nicht, was sie meinte.

›Warum nicht?‹ fragt' ich zurück. ›Was sind die Menschen?‹

›Deine Herren und meine.‹

Ich hört' es mit Staunen und Schaudern. ›Herren? Warum Herren? Bin ich nicht der strahlende Äthersohn, der über die Höhen blitzt, wie es ihm beliebt? Was will der Mensch, der im Staube stöhnt, der kurzlebige Wurm, was will er mir gebieten?‹

›Und wollt' ich dir's sagen, würdest du mich verstehen? Drum hör' und glaube die Warnung. Selbst in schwerer Erfahrung wirst du immer lernen, warum er dein Herr ist, nur daß er es ist. Leicht und sorglos ist dein Sinn, wohl hast du die Macht, doch deine Macht ist Spiel. Seine Macht aber ist *Arbeit.*‹

›Arbeit? Was ist Arbeit?‹ fragte ich übermütig. Und aus der Wolke sprang ich hinab zum Boden durch den Stamm einer hohen Fichte, daß lodernd die Flamme emporschlug.

›Hüte dich!‹ rief die Mutter zürnend. ›Störe nicht Menschenwerk, daß du nicht lernen mußt, was Arbeit sei. Hüte dich, daß du nicht arbeiten mußt. Denn deine Arbeit wird nicht sein wie des Menschen Arbeit. Wohl hört' ich von einem dunkeln Rätsel, daß des Menschen Arbeit zur Freiheit leite. Deine Arbeit aber würde Knechtesarbeit sein. Hüte dich, Menschenwerk zu stören!‹

›Hüte dich!‹ Immer umtönte mich die Warnung bei meinen Spielen. Arbeit – Arbeit! Das mußte wohl etwas Schreckliches sein. Aber was ist schrecklich? Von Menschen hört' ich das Wort, als ich einst durch die metallne Stange an ihrem Fenster vorbeiglitt, ich sah sie zitternd im Zimmer stehen, und so war in mir ein dunkles Gefühl, daß hier etwas sei, das mir fremd war. Aber ich verstand es nicht, ich kannte es nicht. Was sollte schrecklich sein? Der tiefe Abgrund des Gebirges, wenn die Lawine hineinstürzte? Ich schwebte darüber. Der dunkle Raum droben, der ohne Ende ist? Dort wohnt mir der Vater, der Ätherfürst, dort winken die Sonnen sich Botschaft zu. Also unten im Tal, wo die Menschen wohnen? Dort haust die Arbeit. Wie mochte sie aussehen? Gewiß jene langen, geraden, viereckigen Streifen, bald schwarz, bald grün, bald gelb, die sich drunten über die Ebene und über die Hügel zogen, das wird die Arbeit sein. Sie lagen immer fest am Boden, sie rührten sich nicht – das mochte wohl schrecklich sein. Und so ein Streifen sollt' ich werden? Das war häßlich. Und doch, so hatte die Mutter gesagt, der Mensch ist dein Herr, seine Macht ist die Arbeit. Mein Herr? So sollte er durch die Arbeit mein Herr sein? So mußte die Arbeit doch etwas Besseres sein als ich? Wer löst mir das Rätsel? Oft ruht' ich lange im kalten Luftraum und grübelnd vergaß ich der treibenden Wolken und der leuchtenden Funken. – – Und es war doch Unsinn, daß der Mensch mir gebieten sollte – etwa durch die Felder da unten? Unsinn!

Im Wirbelsturm fuhr ich hinaus aufs Meer und in rasendem Tanze zog ich die Wogen herauf in meine Wolke und blitzte aus dem schäumenden Trichter und fragte das Meer: ›Was ist die Arbeit?‹

›Küste! Küste!‹ klang es dumpf zu mir herauf.

Da merkte ich, daß ich nicht viel erfahren würde. Denn ›Küste‹ ist sein Horizont, und was darüber geht, das heißt alles ›Küste‹ beim Meere.

›Was ist der Mensch?‹ fragte ich weiter. ›Ist er unser *Herr*?‹

›Daß ich nicht wüßte‹, gurgelte das Meer. ›Es schwimmt zwar hier und da so etwas herum, aber es tut mir nicht weh. Übrigens ist der Mensch meistenteils tot. Als Fischfutter nicht zu verachten. Was heißt überhaupt ›Herr‹? Sei nicht so spitzfindig. Küste! Küste!‹

Da saust' ich wieder davon. Mit dem Meere ist nicht viel los. Es ist eine zu große, schwerfällige Masse. Wen könnt' ich wohl fragen?

Menschenwerk mußte ich suchen, denn meine Genossen wußten nicht mehr als ich. Aber Menschenwerk dürft' ich nicht stören. Die Schienen vielleicht? An ihnen war ich hingeglitten, ohne sie zu schädigen. Doch sie konnten nicht reden, das hatte ich schon gemerkt. Wie wäre es mit dem roten Draht? Ob ich es wagte? Ich fand keine Ruhe.

Es war zu dumm! Ein einziger Gedanke störte mich bereits in meiner Freiheit. Ob das schon Arbeit war? Ob vielleicht die Arbeit eben das bedeutete, daß mir die freie Luft gestört war – –

Eines Tages spielte ich wieder mit den Wolken über dem Berghang. Da sah ich auf den Schienen etwas Seltsames heraufkriechen. Es klammerte sich an die Zähne der mittelsten Schiene, streckte aber einen langen Hals nach dem roten Drahte aus, daran leckte es mit glänzender Zunge.

Und Menschen saßen darin. Was hatten die hier bei mir zu suchen? Dazu waren sie noch fröhlich, Fahnen flatterten am Wagen und Gesang klang herauf.

Die Menschen freuten sich. Ich aber witterte überall die Arbeit; so meint' ich auch, ob der Wagen etwa die Arbeit sei –«

In dem Zählwerk gab es einen Schnapper.

»Was soll's?« fragte die Lampe, ärgerlich über die Unterbrechung. »Hast du etwas zu bemerken?«

»Tick-tack«, sagte der Zähler wieder gleichmäßig. »Ich habe mich nur verwundert. Die Menschen waren vergnügt, sagst du, und der Wagen soll die Arbeit sein, sagst du, und die Arbeit soll etwas Schreckliches sein? Das scheint mir Unsinn, geistreichstes der Glühlichter. Was sagst du dazu?«

»Die Menschen sind doch nicht der Wagen, das sag' ich, alter Pedant. Und außerdem verstand ich überhaupt die Sache nicht. Ich wollte eben Auskunft über die Arbeit haben und dachte, der Wagen könnte sie geben.«

»Hättest du nur mich gefragt«, sagte der Zähler weise. »Ich hab's nämlich jetzt begriffen. Ich will dir sagen, was die Arbeit ist – die blauen Hefte dort sind es. Merkst du nicht, wie der Mensch jetzt von seinem Büchlein aufsieht, wie er nach der Uhr schaut und scheue Blicke nach den blauen Heften wirft? Du aber, wie konntest du so dumm sein und die Warnung vor der Arbeit verachten?«

»Rede nur klug, jetzt, nachdem ich dich belehrt habe. Ich hatte eben keine Scheu mehr vor der Gefahr, in die Knechtschaft der

Menschen zu geraten - gestört war ich doch in meinen Spielen - ich wollte einmal wissen, was es mit dieser Arbeit auf sich habe, ob sie mich denn wirklich bezwingen kann - -«

Der Mensch war aufgesprungen, er schritt unruhig durchs Zimmer. Schon fürchtete die Lampe, er wolle sie ausschalten. Dann aber setzte er sich wieder und stützte den Kopf in die Hand. Die Lampe konnte in ihrer Erzählung fortfahren:

»Heftiger ballt' ich die Wolken und drückte sie an der Bergwand hinunter, während der Wagen heraufkroch, in meinen Nebel herein. Sammeln wollt' ich mich, um mit voller Kraft in den Wagen und die Menschen darin hinabzuschlagen. Aber es erging mir wieder merkwürdig; in der Nähe des Drahtes schien meine Kraft zu erlahmen, meine Wolken verloren ihre Spannung. Doch mehr und mehr wälzt' ich herbei oben von den Eishöhen, und nun, nun fühlt' ich mich stark genug - ich schnellte mich hinab, und mit Donnergekrach stürzt' ich mich auf den Wagen.

Da - was war das? Ich meinte, Wagen und Menschen zu zerschmettern, statt dessen merkt' ich nur, wie drinnen im Wagen ein Licht aufblitzte - ich sah bloß noch, daß die frechen Menschen lachten, aber in den Wagen könnt' ich nicht dringen. Auch an dem Drahte konnte ich mich nicht halten, ich glitt an ihm entlang, ich geriet in eine hohe Halle, drin drehten sich wirbelnde Räder - ich gedachte sie zu zerschlagen, doch ich geriet in eine Falle - in der Halle prasselte und knatterte es, Funkengarben sprühten, Rufe ertönten, ein Mensch sprang hinzu und warf einen Handgriff herum. - - Ich fühlte mich zerrissen, meine Kraft erlahmte. - - Ich wollte hinabfliehen zur Mutter Erde und konnte nicht, ich wollte wieder hinaufspringen zu den Wolken, die in meilenweiter Ferne schwebten, ich könnt' es nicht. Ich war gefesselt, gefesselt an wirbelnde Kupferstücke, an dunkle, lange Drähte - ich war kein Blitz mehr - - so ward ich gefangen, unterworfen den Menschen - -«

»Tick-tack, Tick-tack«, sagte der Zähler.

»Ja du langweiliges Zählwerk, du Marterkasten, du gehörst zu meinen Peinigern! Abgemessen werd' ich, und wenn sie die Lampen einschalten, muß ich glühen.«

»Was ist da weiter?« sagte der Zähler. »Du hast immerhin eine recht nützliche Beschäftigung und eine angenehme Abwechslung, du hast es viel besser als ich, und ich bin doch ganz zufrieden.«

»Du weißt nichts anderes und wirst mich nie verstehen! Jetzt kenn' ich das Schreckliche, die *Arbeit*. Nicht daß ich glühe, aber daß ich es muß, das ist es! Muß, Muß! O wie das tut.«

»Muß! Muß!«

Ein dumpfes Stöhnen. Der Mensch war es, der so stöhnte.

»Siehst du, der Mensch muß auch!« tröstete das Zählwerk.

»Das ist es ja, daß ich sein Los teilen muß, und doch ist er mein Herr. Wie kommt er dazu, mich zu zwingen, mich, den freien Geist des Äthers, die ungeborene, unvergängliche Kraft des Alls, wie kann er mich zwingen zu arbeiten und muß es doch selbst?«

»Muß?«

Der Mensch richtete sich auf. Er schob die Papiere und das kleine Buch zur Seite und griff nach den blauen Heften.

»Siehst du«, sagte das Zählwerk wieder, »wie ich recht habe?«

Der Zähler tickte, die Lampe glühte, sie mußten – –

Der Mensch aber griff zur Feder und sprach zu sich:

»Ich will!«

Das Lächeln des Glücks

Irgendwo im Raume, fern von den Menschen, saß das Glück und weinte.

Es saß auf seiner Kugel, diese und sich selbst ganz in seinen schimmernden Schleier hüllend, und mit dem Zipfel tupfte es die Tränen von den schönen Augen.

Es war sehr unglücklich, das Glück.

Ein kleiner Engel schwebte vorüber, der hatte die Mundwinkel recht weinerlich verzogen, und aus seinen Augen fielen die Tränen in den leeren Raum und wurden zu Sternschnuppen.

Als der Kleine das Glück erblickte, flog er eilig darauf zu und umklammerte seine Knie.

»Fand ich dich endlich?« rief er aus. »Du mußt mir helfen, du bist ja das Glück!«

Das Glück streichelte seine Locken.

»Was fehlt dir?« fragte es traurig.

»Drunten wohnt' ich am dunklen Bergstrom, in der Hütte, deren Dach die hohen Palmen beschatten, bei Rilas und Padna. Kennst du sie nicht? Rilas, der die Faserpflanze sammelt im Walde und sie zum Markte trägt? Und ich war's, der ihr Glück hütete und sie hatten sich so lieb. Da kamen die gelben Brüder und sagten, Rilas müsse mit ihnen hinunter an das Meer, und als er nicht wollte, nahmen sie ihn gewaltsam mit; denn er müsse die Freiheit kämpfen gegen die weißen Männer auf ihren großen Schiffen. Und Padna weinte so sehr. Du sollst uns den Rilas zurückbringen. Nicht wahr, du willst es tun?«

Und er zupfte dem Glück den Schleier von den Augen, da fiel eine der Tränen auf seine Stirn, und er sah erschrocken auf und fragte:

»Aber du weinst ja?«

»Ja, mein Kleiner, ich weine und kann dir nicht helfen.«

»Du mir nicht helfen? Warum nicht, da du doch das Glück bist?«

»Nur das Glück. Weil ich das Glück bin, kann ich dir nicht helfen.«

»Du mußt helfen, mußt uns helfen!« Mit diesen Worten stürzte sich ein zweiter Engel dem Glück zu Füßen.

»Hier, dieser kennt mich, wir wohnen in demselben Lande. Die weißen Männer sind aus ihren Schiffen gestiegen, und ihre Kugeln strecken unsere Freunde nieder. O gib den Unsrigen den Sieg in der Schlacht, die kämpfen für die Freiheit, die man ihnen rauben will!«

»Siehst du nicht, daß ich weine?« sprach das Glück. »Wenn ich weine, so kann ich niemand helfen.«

»So weine doch nicht!«

»Das steht nicht bei mir. Ich weiß nur, daß ich weinen muß, und daß ich dann nicht helfen kann. Und wenn ich nicht helfen kann, so muß ich weinen. Das hänget eins am andern.«

Die kleinen Engel sahen halb ungläubig, halb verständnislos auf das Glück.

Und als sie es noch anstarrten, kam ein dritter Engel geflogen, der war größer und klüger. Die Tränen tropften ihm nicht mehr aus den Augen, sie ließen sie nur dunkel glänzen wie der unendliche Weltraum der Macht, und eine tiefe Traurigkeit flehte aus ihnen zum Glück:

»Hilfe, zu Hilfe! O bitte, bitte! Die Not ist groß!«

»Was begehrst du, mein Kind?«

»Drüben im Ozean rast der Sturm. Am großen Dampfer ist die Schraube gebrochen. Hilflos jagt er durch die Wogen. Die Richtung, in der er treibt, führt auf das lange Riff, ins sichere Verderben. Fünfhundert Menschen werden in den Wogen versinken. Eine neue Heimat wollten sie gründen, die jetzt um ihr Leben flehen müssen. Eil' und rette, wenn du das Glück bist.«

Das Glück schüttelte nur leise den Kopf, denn es fühlte, daß ihm die Tränen in die Augen traten.

Die beiden andern kleinen Engel nickten sich zu und flogen davon, denn sie wollten sehen, wie die weißen Männer in Not gerieten.

Der dritte Engel aber rief:

»Du weigerst dich? Wie ist das möglich? Siehst du nicht die Zahllosen, die ihr Lebensglück zugleich verlieren, wenn jene dahingehen müssen? Weißt du nicht, daß Völkerschicksale an diesem Schiffe hängen? Schau dort unter dem nassen, sturmgepeitschten Haar die leuchtende Stirn des Jünglings – siehst du nicht, daß er ein Genius ist, fähig, der Menschheit eine große Tat zu bringen, die Millionen beglücken wird? Und du willst ihn versinken lassen?«

»Ich wollte ihn nicht retten? O mein Kind, ich kann es nur nicht.«

»Du kannst es. Sieh, dort rekelt der breite Wetterriese des Ozeans sich in seiner Winterruhe. Er braucht nur den groben Ellenbogen um ein weniges zu verschieben und die Sturmbahn wendet sich, und das Schiff gleitet nördlich am Riff vorüber und entflieht dem Wirbel. Warum gebietest du ihm nicht?« »Weil es nichts hilft. Weil er mir nicht gehorchen wird. Ich kenne diese Riesen, die mit der Allwissenheit ihrer Mutter, der Natur, sich groß tun und die eingebildetsten, faulsten Lümmel der Welt sind. Und ich habe ein sicheres Zeichen für den Fall, daß sie mir nicht zu gehorchen brauchen, so gut ich es weiß, wenn ich sie zwingen kann. Du wirst es sehen, komm!«

Müde erhob sich das Glück und flog mit dem Engel zum Wetterriesen.

Schon tauchte am Horizont der Schiffer die weiße Brandung auf. Der Riese schlief, und der Druck seines ruhenden Luftarms zwang den Sturm, nach dem Riffe hin zu wehen.

Das Glück raunte seinen Spruch:

»Hebe den Arm beiseite, daß das Schiff nach dem Hafen gleite!«

Der Riese rührte sich nicht, er brummte nur im Halbschlaf:

»Wer raunt mir da Sprüche? Was soll das gefühlvolle Duseln? Siehst du nicht, daß ich ruhen muß, damit die Luft in mir herabsteigen kann und ihre richtigen Wege findet? Siehst du nicht, daß der Ätherriese auf mir steht, der oben von der Sonne die Wärme herunterschaufelt? Störe nicht unsere Arbeit, von der die Ordnung der Natur abhängt.«

»So rücke wenigstens diesen Arm um ein Kleines zur Seite, schon ein Stückchen genügt, nur daß wir das Schiff retten!«

»Was geht mich das Schiff an?« polterte der Riese. Aber er ermunterte sich ein bißchen, und als er das Glück erkannte, sagte er:

»Du kannst doch nie Ruhe halten! Aber weil du es bist, will ich mein Möglichstes tun – den kleinen Finger will ich ein wenig einbiegen.«

Kaum hatte er's getan, da trieb das Schiff einen Strich mehr nach Nord und näherte sich dem Riff langsamer, und die Menschen hofften aufs neue.

»Es genügt nicht«, bat das Glück. »Gib nur noch etwas nach!«

Zum Unheil aber fiel eine Träne auf den Arm des Riesen. Da wurde er unwirsch und rief:

»Es geht nicht! Siehst du nicht, der ganze Wirbelsturm liefe dann auf das Festland. Die blühenden Städte, die reifen Felder, der alte Wald, alles stürzte vernichtet zusammen. Mir könnt' es ja gleich sein. Aber mehr vermag ich nicht zu tun, wenn ich auch wollte. Ich und meine Brüder, die Riesen, dürfen deinetwegen ihre Grundsätze nicht ändern. Sollte ich jetzt den Arm bewegen können, so hätte vorher der Ätherriese nicht auf mich steigen dürfen, so hätte der alte Erdriese seine Hautfalten ein bißchen früher verschieben müssen, damit sich der Meerriese anders lagern konnte. Da hätte der große Sonnenriese schon lange, ehe es das Menschengewürm gab, mit seinen Fangarmen anders ziehen und der Raumriese selbst sich anders besinnen müssen. Wir können nicht dir zu Liebe die ganze Riesenwelt in Unbequemlichkeiten stürzen.«

»So? Ihr Burschen –« und nun wurde das Glück böse – »ihr könntet nicht? Ihr hättet nicht können? Wozu seid ihr eigentlich da? Um euretwillen vielleicht? Oder sollt ihr nicht Diener sein, damit auf dieser Erde Menschen glücklich werden? Sollt ihr nicht arbeiten, damit das Ziel sich erfülle, das Menschenherzen ersehnen? Was sind eure Luftkörper, eure Ätherarme, eure Riesenkräfte, was sind die Planeten, mit denen ihr Fangball spielt, wenn nicht die Mittel zu meinen Zwecken? Was gilt mir euer ganzes Weltsystem gegen ein frohes Angesicht?«

»Und du? Was gehst du mich an? Hast du mir zu gebieten? Lächle doch, wenn du kannst! Ich habe meine Gesetze, danach bin ich. Wer sie mir gab, weiß ich nicht. Wozu sie gut sind, geht mich nichts an. Ich habe niemand zu gehorchen als dem Gesetz der Riesen. Ich bin, weil ich bin. Ich strecke den Arm, wenn ich muß, und Millionen Menschen überrauscht der Ozean, wenn sie auf seinen Bahnen sind.«

Während der Riese noch sprach, trieb das Schiff näher und näher dem Riffe zu. Jetzt weinte der Engel laut auf.

Hier hörte man nicht den Entsetzensschrei der Menschen, man hörte nicht das Krachen der Balken, nicht das Brausen der Brandung, als der Dampfer auf die Klippe geschleudert wurde – man hörte das Schluchzen des Engels, als er das Schiff verschwinden sah. –

Der Engel barg seinen Kopf im Gewände des Glücks, das mit starren Augen in die Ferne blickte.

»Und er muß doch dem Einen gehorchen, der sein Gesetz geordnet hat – muß er nicht?« fragte der Engel in heiligem Zorn.

»Er muß wohl, aber davon weiß er nichts. Und gehorchte er mir nicht, so war es so bestimmt, weil ich weinte.«

»Aber du bist doch das Glück und das Glück soll sein!«

»Weißt du das, mein Kind? Weiß ich es? Braucht' ich zu weinen, wenn mir die Ätherriesen immer gehorchen müßten? Dann wollt' ich die Welt anders lenken, dann müßten sie arbeiten zu meiner Lust. Dann müßten sie mir Paläste bauen mit ewigem Frühlingsglanze, darin eine selige Menschheit in allen Wonnen des Daseins wandelte. – – Aber nur selten gehorchen sie mir; ich gebiete ihnen, doch ob sie folgen, das hat einer bestimmt, den wir nicht begreifen. Und er wird wohl wissen, warum er das Glück nicht mächtiger geschaffen hat.«

»Und doch bist du der mächtigste unter allen Engeln, o Glück!«

»Wohl bin ich's, wenn ich lächeln darf. Doch du trafst mich weinend, und Tränen – o mein Kind – Tränen des Glücks, weißt du, was daraus wird? Einst sagte mir's der Zwerge einer, die mit den demantharten Hämmern in der Nacht des Ungewordenen die künftigen Herzen schmieden. Meine Tränen brauchen sie, die Herzen fest zu machen, damit sie nicht springen, wenn der heiße Menschenwille hineingegossen wird. Vielleicht, daß ich so machtlos sein muß.«

Das Glück ließ sich wieder auf seiner schillernden Kugel nieder, und der Engel, der den Mut verloren hatte, schmiegte sich sanft an seine Seite.

Da kam wieder ein Engel geflogen, diesmal ein ganz kleines Engelbübchen, dem kugelten die Tränen nur so aus den runden Äuglein, und es heulte recht herzerweichend. So stürzte es dem Glück gerade in den Schoß.

»Was hast du denn, mein Bübchen?« fragte das Glück, wischte ihm die Tränen ab und vergaß auch das Näschen nicht. »Da ist wohl ein großes Unglück geschehen?«

»Ja«, schluchzte das Engelchen, »ja, ein großes Unglück. Mein Schwesterchen, ach, mein Schwesterchen – ach, ach!«

»Beruhige dich, mein Herzchen.«

»Es ist das einzige, das den Eltern geblieben ist, denn wir anderen sind alle schon Engel geworden – mein Schwesterchen stand an der Haustür – Aber willst du ihm auch helfen, o Glück?«

»Sprich nur erst weiter.«

»Es hatte sein Püppchen in der Hand, das mit dem richtigen Porzellankopf, den man abwaschen kann, und wiegte es in seinen Armen, und das Püppchen war eingeschlafen, und da – und da –«

»So heule doch nicht so!« »Da kam der Stift, der schlechte Hund, und bellte, und das Schwesterchen erschrak und ließ die Puppe fallen, und – und – der Kopf brach mitten entzwei – und –«

»Da weint jetzt das Schwesterchen bitterlich?«

»Bit-ter-lich« – Und das Engelchen weinte noch viel bitterlicher und schluchzte nur immer hervor: »Bit-ter-lich« – –

Die Tränen kugelten herab über den Schleier des Glücks, an dem keine Träne haftet, und in einer Falte bildeten sie einen kleinen See, in den guckte das Engelchen ganz erstaunt hinein, aber seine Tränen flossen immer weiter.

Da zog ein leises Lächeln über das Antlitz des Glücks, das besiegte seine Trauer - und nun lächelte es holdselig, wie nur das Glück lächeln kann. - -

Und der große, unendliche Weltraum tat sich auf vor dem Lächeln des Glücks mit großem Lichte wie die Blüte im Sonnenschein, und die groben Ätherriesen hoben ihre Häupter, und der Sonnenriese selbst schüttelte seine Strahlenkrone, daß es warm hinauszuckte in die Unendlichkeit.

Das Glück aber erhob sich, und seine Gestalt wuchs machtvoll durch die himmlischen Höhen, und seinem leisen Winke lauschte das weite All. - - -

Vor dem Gebot des Glücks beugte sich der Zeitriese und rief seine Befehle zurück in die Vergangenheit, daß alles geordnet war, wie es heute sein sollte.

Die Ätherriesen tummelten sich und schüttelten ihre Strahlen auf die Fluren Siziliens, wo die Orangenhaine wuchsen. Der stolze Stomriese, der sonst zwischen den Wolken blitzt, zwängte sich zwischen Zink- und Kohlenplatten und streckte sich im langen Eisendraht über die Kontinente und durch die Meere, um von der nordischen Stadt ein Gebot nach dem Süden zu tragen.

Der Holzriese rasselte in den Wäldern und brach Stämme, und der Eisenriese wuchs hervor aus dem dunklen Gestein und glühte im Hochofen. Aus tiefem Schacht tauchte der schwarze Kohlenriese, wo ihn der Erdriese eingepreßt hatte, und fuhr unter die Kessel, der Wasserriese dampfte und schwoll und hob und drückte - und der Dampfer durchschnitt das Meer.

Und als das Schiff zurückkehrte, trug es die goldne Südfrucht in seinem Raum. Tausend andere Riesen arbeiteten mit ihren kräftigen Armen im Getriebe der Menschen und tauschten die Waren und rollten das Gold und bauten die glänzenden Läden der Stadt und legten die Früchte hinter die hohen Spiegelscheiben, daß sie anlockend glänzten.

In der Stadt aber, wo das Schwesterchen seine Puppe zerbrochen hatte, ging ein Mann in tiefen Gedanken. Er ging durch die Straßen, und die Leute grüßten ihn, und er dankte.

Da schüttelten die Leute die Köpfe, denn sie merkten, daß er sie nicht erkenne. Wo war er denn? Weit fort, über der Erde, wo das Glück mit dem Engel saß, und weiter noch, wo der unendliche Raumriese zwischen den Sternen lagert. Und er sah die Ätherriesen ihre Arme zur Arbeit heben von der Urzeit an, wie sie Sonnen häuften und Planeten schwangen, wie sie Meere gruben und mühevoll kleine lebendige Zellen bauten, er sah die Reihe der kämpfenden Geschlechter, bis er selbst entsprossen war, irgendwo, irgendwann, und wandeln mußte unter dieser Menge. –

Was war sie ihm, was war er ihr? Was verstanden die Leute davon, daß er den langen, langen Weg kannte, den sie heraufgekommen waren vom Urnebel der Planeten bis zu dieser geschäftigen Bürgerklasse? Was wußten sie von dem hohen Ziele um dessentwillen die Riesen stöhnten? Was galt es ihnen, daß er die Zwerge sah, die im Ungewordenen ihre Demanthämmer schwangen und Menschenwillen in harte Herzen gossen? Und was half es ihm?

Seine Gedanken waren weit fort, und doch waren sie nah, ganz nahe – waren hier in diesen Gassen, zwischen diesen Menschen – denn sie mußten hierher zurück, wieder und immer wieder. Darum flogen sie ja bloß fort, um zu vergessen, daß sie hier waren. Sie suchten in der Ferne, obwohl sie wußten, daß sie nirgends finden würden, was sie verloren hatten. Und in diesem Hin und Her wogte seine Seele zwischen dem großen, unendlichen Raum, wo das Glück saß, und zwischen der engen Stadt, wo sie es gesucht hatte. – – Das ging so auf und ab, bis es ein leiser Rhythmus geworden war. – – Durch die Straßen und die eilenden Menschen schreitend, fühlte er es um sich wehen wie den weiten, kühlen stillen Atem der Einsamkeit:

Ich wandle durch die Stadt und denke dein,
Und weiß nur überall, ich bin allein.

Da ist kein Plätzchen, das mir nicht verrät,
Wie oft mein Blick nach dir hinausgespäht.

Hier ward ein hoffend froher Gruß getauscht,
Hier hab' ich deinem lieben Wort gelauscht

Und durch die Leere schreit ich nun dahin.
Starr liegt und tot die Stätte, wo ich bin,

Es kommt ja nicht das Glück des Weges her,
Und wenn es naht, ist es mein Glück nicht mehr!

Und als es so in ihm klang, da schwebte von der infamen Ferne her die Lichtgestalt des lächelnden Glücks, das die Arbeit der Ätherriesen lenkte, und streifte die Seele des verlassenen Mannes, daß es darin einen Augenblick wonnig aufleuchtete wie der Glanz dunkler, großer Augen. Und als er aufsah, lag Sonnenschein auf den Spiegelscheiben und den goldenen Früchten, und es wehte um ihn wie Frühlingshauch der Wirklichkeit.

Da kaufte der Dichter die Orangen und ging weiter, und nun sah und erkannte er die Menschen, die dort vorüberschritten. Und daneben vor der Tür sah er das Schwesterchen, das eben seine Puppe zerbrochen hatte – – das weinte und schluchzte bitterlich.

Da griff der Dichter in die Tasche und gab dem Kinde die leuchtende Orange. Das ließ die Puppe fallen und erfaßte staunend die Frucht. Die Tränen versiegten. Es sah ihn an mit den dunklen, großen Augen, die er kannte, und über das Kinderantlitz ging ein Lächeln, ein Lächeln so süß, wie nur das Glück lächeln kann. – –

Und das Lächeln strahlte wider von dem Antlitz des Einsamen.

Droben aber hörte das Engelchen auf zu schluchzen und lächelte mit dem Glück und mit dem Himmel.

Der größere Engel jedoch, der schon klug war, sah das Glück mit seinen verständigen Augen an und sprach zu ihm:

»Ich begreife es nicht. Wo Völker leiden, wo Tausende trauern, wo die Geschicke der Menschheit sich entscheiden, da folgen dir die Ätherriesen nicht, und jetzt arbeiten sie wie geängstete Sklaven, um eine Orange zur rechten Zeit zu bereiten –«

»Weil ich lächelte,« sagte das Glück mit leuchtenden Augen.

»Warum aber lächeltest du?«

»Weiß ich es? Kennst du einen Maßstab des Leides oder der Lust?«

»Aber eine ganze Welt in Bewegung zu setzen um das Lächeln eines Kindes!«

»Weißt du nicht, daß es das Lächeln Gottes ist?«

Die drei Nägel

Heide und Kiefernwald rechts und links – die Heide gedörrt von der Julisonne, der Wald weithin verkrüppelt vom Raupenfraß – mitten durch eine endlose gerade Doppellinie, darauf jagt donnernd eine Wolke von Rauch und Staub – –

Der Eilzug hat seine größte Geschwindigkeit angenommen, als wollte er dieser Gegend so schnell wie möglich entfliehen. Endlich taucht es von ferne auf wie Hügel, einzelne Fichten mischen sich unter die Kiefern, ein einsames Wärterhaus huscht vorüber wie ein flüchtiger Streif – jetzt ein paar kurze Stöße – dann verdeckt ein Einschnitt die Aussicht – –

»War hier eine Station?« fragt ein Reisender, aus seinem Schlummer auffahrend.

»Nur eine Weiche«, sagt der Herr ihm gegenüber. »Die Strecke ist umgebaut, die Kurve war zu eng für den Schnellzugverkehr.«

»Sie kennen diese Gegend?«

»Ich denke – habe das ganze Frühjahr hier gelegen. Übrigens ganz nette Wohnung beim Förster. Jetzt muß ich wieder her. Morgen geht die Vermessung hinter Schrobeck an.«

»Schrobeck?« fragt der erste. »Was ist das?«

»Die Ruine dort oben – wenn Sie zurückblicken – sehen Sie? Eben ist sie vorbei.«

»Habe noch nie davon gehört.«

»Kennen Sie nicht die Sage von den Nägeln von Schrobeck? Es haust ein Gespenst da oben.«

»Mache mir nichts aus solchen Sagen, es ist eine wie die andere« brummte der Reisende und lehnte sich wieder zurück.

»Habe auch keine Zeit mehr, sie zu erzählen,« sagte der Baumeister seinen graublonden Vollbart zurechtzupfend. »Muß gleich aussteigen.«

Und er schickte sich an, seinen leinenen Staubmantel zusammenzupacken.

In der Gegend wußte jedes Kind, was es mit der Ruine auf sich hatte. Es gab freilich nicht viele Kinder hier herum, ausgenommen die beim Förster und bei den paar Holzhauern drüben in Niederstein. Es gab überhaupt nicht viele Leute in der Gegend, sie alle aber wußten es, daß der letzte Ritter von Schrobeck verhext war, als grauer Zwerg umzugehen bis auf den heutigen Tag, und sie wußten auch, wie er erlöst werden könnte. Und wem das gelang, der machte sein Glück. Seltsam, daß es noch keinem gelungen war - - aber nicht jeder hatte die Eigenschaften, die dazu gehörten, oder die Umstände trafen nicht zusammen, oder es war etwas bei der Beschwörung versehen worden, oder - ja, das mochte es wohl eigentlich sein, was die Leute abhielt - sie glaubten selbst nicht recht an die Geschichte, die sie jedermann zu beteuern bereit waren.

Es war aber ganz einfach.

Man mußte nur, wenn der Mond schien, in der Nacht des achten Sonntags nach Trinitatis zur Ruine Schrobeck hinaufsteigen, dort vor der Tür des verfallenen Turmes ein Tuch auf die Erde breiten, an die Mauer klopfen, dann langsam neun Schritte rückwärts gehen und dreimal rufen: »Drei und frei!« Wenn man dies, mit der gehörigen Zwischenpause, zum dritten Male gerufen hätte, so würde unweigerlich der Herr von Schrobeck in Gestalt eines grauen Zwerges erscheinen und auf das Tuch die drei goldenen Nägel legen, deretwegen er verflucht worden war. Er hatte sie nämlich einst, um sie zu verspielen, aus dem Sarge seiner Ahnfrau gezogen. Wer aber diese drei Nägel besaß, der hatte damit drei Wünsche frei. Wenn er einen Nagel fortwarf und dabei einen Wunsch aussprach, so geschah sofort, was er wollte. Und beim Fortwerfen des dritten Nagels wäre dann der Geist erlöst gewesen.

Der Bahnwärter an dem einsamen Häuschen war ein alter Mann. In die neuen elektrischen Apparate an den Blockstationen hatte er sich nicht mehr finden können. So hatte man ihm hier einen Posten gegeben, wo er nicht viel anders zu tun hatte, als regelmäßig seine Strecke abzugehen.

Jetzt stand er mit seiner zusammengerollten Signalfahne im Arm neben dem Wärterhäuschen, als der Eilzug vorüberbrauste. Sein Blick war mit ängstlicher Spannung auf jedes Fenster der Wagenreihe gerichtet, ob nicht eines sich öffnete, ob nicht ein Tuch herauswinkte – es kam kein Zeichen. Und nun folgte sein Auge dem letzten Wagen, dessen Rückseite im Enteilen sich rasch zusammenzog, bis er im nächsten Einschnitt entschwand.

Lange noch stand der Wärter in der Ferne starrend – nur zuweilen hob sich seine Brust stärker unter einem Seufzer – –

Wie viel Hunderte von Menschen fliegen hier jeden Tag an ihm vorüber! Am Morgen haben sie die Sonne über dem Meere aufgehen sehen, am Abend wird sie ihnen von Schneegipfeln widerleuchten, vor wenigen Stunden rauschte um sie der Lärm der Großstadt, – er aber stand unmittelbar neben dem Weltverkehr einsam und abgeschnitten von der Lebenswelle. Nichts drang zu ihm als das eintönige Signal der Glocke und das Gerassel der Räder, und sie brachten ihm keine Nachricht. Er sah nach der Uhr. Längst mußte der Zug die nächste Station erreicht haben. Ob er einen Brief mitgebracht hatte? Über drei Stunden hatte der Bote von dort bis zu ihm zu gehen, und heut' am Sonntag ging er überhaupt nicht.

»Paul«, rief es aus der offnen Tür der Hütte.

Er trat ein. Auf dem alten Lehnstuhl an dem kleinen Fenster saß eine müde Frau mit grauem Haar und vergrämten Zügen. Sie blätterte in einem Kalender.

»War er nicht darin?« fragte sie.

Der Mann schüttelte den Kopf.

»Er hätte gewiß herausgewinkt«, sagte sie. »Ich ängstige mich Tag und Nacht. Es sind schon über vier Wochen, daß der Brief kam. Gestern waren's vier Wochen, und in vier Wochen wollt' er bei uns sein. Mit Frau und Kind. Das liebe Würmchen – ach! Und alle Not hat ein Ende!«

»Ich glaub's nicht, ich glaub's nicht!« sagte der Mann und setzte sich schwer auf die Bank am Ofen. »Es wäre zu viel Glück. Ich kann deinen Traum nicht los werden von dem verunglückten Zuge.«

»O Gott, o Gott, noch im letzten Augenblick, wenn wir ihn da verlieren sollten, unsern Otto! Zwölf Jahre ist er fort, zehn Jahre haben wir nichts von ihm gehört, bis jetzt vor vier Wochen. Es geht ihm gut, er kommt wieder, und jetzt sollten wir ihn verlieren? 's ist wahr, es droht ihm ein Unglück, – aber man kann es abwenden. Du weißt meinen andern Traum, den vom grauen Zwerge. Das bedeutet jedesmal etwas Gutes, wenn ich den träume. Und du solltest es doch tun!«

»Es ist ja Unsinn, laß mich in Ruh' damit.«

»Und wenn's Unsinn wäre – schaden kann es doch nichts. Heut' ist der Achte nach Trinitartis, es ist Mondschein, Vollmond, heute könnt' doch sein mit dem Schrobeck. Und wenn's nicht ist, so war's ein Spaziergang.«

»'s ist eine Versuchung.«

»Du solltest es doch riskieren. Wenn ich nur laufen könnte, ich tät's gleich. Aber mit dem Hinkefuß – ich komm' nicht mehr den Berg 'nauf.«

Sie schwieg. Dann ging sie wieder an: »Daß es gerad' so zusammentrifft, der Tag und der Mondschein, und gerad' mit unserm höchsten Wunsche! Ich kann nicht davon los. Wenn du die goldnen Nägel bekommst, dann kannst du gleich wünschen, daß der Otto gesund hier ist. Dann kann ihm nichts mehr geschehen. Tu's zu meiner Beruhigung!«

»Alte, du weißt, ich glaub' nicht dran, darum nützt es auch nichts. Ich tät' mich nur schämen vor mir selbst.«

»Tu mir's zu Liebe, ich glaub' dran.«

»Wenn der Traum nicht wäre, ich dächt' überhaupt nicht dran. Deine Träume freilich, damit hat's etwas an sich, das ist schon wahr. Aber ich kann auch nicht fort von der Strecke.«

»Heute kannst du schon. Der Güterzug fällt heute aus, und der Kurierzug kommt erst um zwei. Um eins schon kannst du längst wieder hier sein.«

Der Mann stopfte sich eine Pfeife und schwieg.

»Der Flischke war auch wieder hier«, begann die Frau aufs neue. »Ich glaube, er war angetrunken, er schimpfte. Und hinten am Busch wartete der braune Michel auf ihn. Die Kerle haben was vor. Er wollte dir's eintränken, sagte der Flischke, du hättest ihn aus dem Dienst gebracht. Auf deiner Strecke könnt' auch mal was passieren.«

»Es ist nicht wahr, daß ich ihn angezeigt hab', aber er hat nie richtig seinen Dienst getan. Du siehst, nun kann ich schon recht nicht fort, wenn die schlechten Kerle in der Gegend lungern. Daß sie den Michel wieder herausgelassen haben, ist ein wahres Unglück.«

»Es kann ja nichts passieren. Du bist wieder da, um deine Strecke abzugehen, mehr kannst du nicht tun. Und nun mußt du erst recht zum Schrobeck. Wenn du die Nägel hast, kann dir der Flischke nichts anhaben, und der Otto kommt morgen glücklich nach Hause. Tu's doch, Paul, tu's dem Otto zuliebe!«

»'s ist ja doch Unsinn«, brummte der Mann in den Bart. Aber er sagte es nicht mehr laut.

Mit ungewissem Dämmerschein lag das Mondlicht über der Hügellandschaft ausgebreitet, die Ebene im Norden verlor sich in nebliger Ferne. Kein Lüftchen regte sich; hin und wieder ein schwaches Wetterleuchten durch die Julinacht.

Silberne Punkte glänzten auf den Efeublättern, die sich um die verfallenen Mauern der Ruine Schrobeck rankten, undurchdringliche Schatten schoben sich zwischen lichte Streifen. Deutlich und klar hob sich die voll beleuchtete Seite des alten Turms ab; nur die Türöffnung gähnte schwarz darin, ein finsterer Eingang in geheimnisvolle Nacht.

Der Bahnwärter stieg schwerfällig über die wankenden Steinstufen des ehemaligen Burghofs. Atemschöpfend lehnte er sich an die Mauer und richtete seine Blicke auf die Öffnung des Turmes. Ein paar Fledermäuse schossen hin und her, sonst kein Laut. Der Mann an der Mauer verharrte lange unbeweglich. Doch jetzt fuhr er erschrocken empor. Aus dem Turm klang ein vernehmbares Poltern, als stürzten Steine herab - ein Schwarm Fledermäuse flog aus der Öffnung - dann wieder blieb es still. Der Wärter raffte sich zusammen und schritt langsam der Tür des Turmes zu. Er fühlte sein Herz schlagen, er wagte nicht, in den Turm zu blicken, als er sein Tuch vor der Tür ausbreitete und dreimal mit einem Stein an die Mauer pochte. Dann ging er langsam rückwärts. Seine Tritte knirschten auf den Kalktrümmern des Bodens, es war ihm, als antwortete ein gleiches Knirschen aus dem Turm. Er zählte halblaut seine Schritte; jetzt blieb er stehen und rief schnell, als wollte er ein ferneres Schwanken selbst abschneiden: »Drei und frei!«

Dumpf hallte der Ton von der Mauer nach. Sonst blieb alles stumm. Nach einer Weile rief er zum zweiten Male. Wieder kein Laut. - Er schüttelte den Kopf über sich selbst - wenn ihn jemand hörte, er mußte zum Gespött werden. Aber wer konnte ihn hier hören? Er dachte an seine Frau, an seinen Sohn, sah fest auf die Turmtür und rief laut zum dritten Male:

»Drei und frei!«

In demselben Augenblick prallte er in furchtbarem Schreck zurück und hielt sich krampfhaft mit den Händen an einem Mauerrest. Die Stille der Nacht unterbrach ein gewaltiges Krachen, eine weiße Wolke erhob sich aus der Tür des Turmes und schwankte gespenstisch im Mondenlicht, und in der Öffnung erschien hell beleuchtet eine graue, zwerghafte Gestalt. Dem Wärter stockte der Atem, er brachte kein Wort aus der Kehle, - nein, er täuschte sich nicht deutlich erkannte er über dem grauen Mantel der kleinen Gestalt das Gesicht mit dem weißen Barte, den Kopf bedeckte eine graue Kapuze. Der Mann und der Zwerg standen sich ohne Bewegung gegenüber - da erhob der Zwerg langsam den rechten Arm, drei blitzende Gegenstände fielen auf das Tuch und im nächsten Augenblick war die Erscheinung verschwunden.

Schweigen ringsum - die Wolke hatte sich verzogen, die Türöffnung gähnte leer und finster wie zuvor.

Einen Augenblick dachte der Wärter, es ist ein Traum - er ermannte sich und schritt auf das Tuch zu - er sah es darauf glänzen im Mondlicht - das Blut schoß ihm in den Kopf, eine furchtbare Angst ergriff ihn - er wußte nicht mehr, was er tat - er raffte das Tuch zusammen und stürzte fort. Die Steine polterten um ihn bergab, er floh weglos, durch den Wald, bis er den Fuß des Hügels erreicht hatte - da sank er erschöpft auf ein Felsstück und suchte sich zu sammeln. Noch hielt er das Tuch in der Hand geballt, deutlich fühlte er die Nägel darin, aber er hatte nicht den Mut, das Tuch zu öffnen. Immer ging es ihm durch den Sinn - ein Teufelsspuk, es bringt Unglück!

Es knackte im Gebüsch - er fuhr auf. Wo war er überhaupt? Nach welcher Seite lag die Bahn? Um Gottes willen - sein Dienst! Es war hohe Zeit, seinen Gang zu machen. Nur jetzt nicht verirren! Er steckte das Tuch in die Tasche und lief vorwärts - hier war dichtes Unterholz, hier kam er nicht durch, er mußte umkehren. Der Angstschweiß rann ihm von der Stirn, er rannte Hügel auf, Hügel ab - endlich, da lag die Bahnstrecke dicht neben ihm. Er kletterte hinab und stand auf dem alten Geleise. Aber nun war's nicht mehr weit zu der Weiche, die er zuerst revidieren mußte. Sie führte vom neuen auf das alte Geleise, auf welchem vor dem Umbau die Züge in enger Kurve gelaufen waren. Jetzt hatte man darauf, einige hundert Schritt weiterhin, einen Steinbruch angelegt, woraus Baumaterial abgefahren wurde. Deswegen war das Geleise bis dorthin erhalten worden.

Als der Wärter sich der Weiche näherte, befiel ihn ein neuer Schrecken. Die Laterne war verlöscht. Er erkannte deutlich, daß die Weiche auf das tote Geleise eingestellt war. Ein Mensch machte sich überdem an dem richtigen Geleise zu tun. Der Wärter rief ihn an.

Im selben Augenblick fühlte er sich rückwärts ergriffen, von vorn sprang der Mann vom Geleise herzu, und ehe er wußte, wie ihm geschah, war der erschöpfte Wärter überwältigt, gebunden, am Schreien durch einen Knebel gehindert. Es war offenbar alles sorgfältig vorbereitet. Die beiden Männer schleppten den Gebundenen ein Stück seitwärts in den Wald nach dem neuen Geleise zu und ließen ihn dort liegen, indem sie ihm höhnisch gute Nacht wünschten.

In ohnmächtiger Wut riß er an seinen Banden. Vergebens! Furchtbare Bilder jagten durch seine Seele. Höchstens noch eine Stunde, dann mußte der nächtliche Eilzug kommen. Er mußte auf das tote Geleise fahren, in den Steinbruch stürzen! Und mit ihm vielleicht sein Sohn - gewiß! - - Und keine Hilfe?

Er wand sich hin und her, bis ihm die Kraft versagte. Dann wieder lag er still, zermarterte sein Hirn - er betete aus tiefster Seele - nichts rührte sich um ihn.

Weiter und weiter rückte der Mond durch die Zweige - keine Hilfe? - Noch einmal! Sollten die Stricke sich nicht lockern lassen?

Er zerrt seine Hand gewaltsam empor und fühlt einen scharfen Schmerz, die Haut wird geritzt - Ach! Die Nägel! Die Nägel - jetzt erst erinnert er sich wieder daran - wenn es doch wahr sein sollte? - Wenn er einen Nagel fortstoßen könnte!

Er fühlte mit den Fingern - er kann von außen eine Spitze erreichen, sie dringt durch Tuch und Tasche - eine Anstrengung aller Kräfte - er kann den Nagel herausreißen! Ist es denn ein goldner Nagel? Was weiß er - er stößt ihn fort und denkt nur: Wär' ich frei!

Da gleitet sein Arm aus dem Strick, mit dem er an seinen Leib gebunden war, er kann sein Messer erfassen - die Stücke sind durchschnitten, der Knebel entfernt - kaum traut er seinen Sinnen - -

So ist es doch wahr! So hat der Zwerg die Zaubermacht bewährt? -

Frei! Er stürzt nach dem Waldrand. Er kann von hier die Weiche nicht sehen, aber drüben gar nicht weit schimmert das Licht von seinem Häuschen. Vielleicht ist es noch Zeit zu retten, zu warnen! -

Er springt auf den Bahndamm - Zu spät! Dumpfes Rollen in der Ferne - schon blitzen dort hinten die Lichter des Zuges - keine Minute mehr, und das Unglück ist geschehen.

O könnt' er den Zug aufhalten! Wenn ein Wunder geschähe, daß er stehen bliebe - sonst ist keine Rettung!

In dieser Not greift er nach dem zweiten Nagel.

»Gott verzeihe mir!« murmelt er. »Zug, stehe still!«

Und horch - das Rollen hört auf, der Zug verlangsamt sichtbar seine Bewegung - zwar die Maschine schnaubt noch und arbeitet mit gleicher Kraft, ja noch heftiger, noch rascher stößt sie die Dampfwolken hervor - das Triebrad dreht sich wie rasend, aber die andern Räder stehen still, der Zug kommt nicht näher, er kann die schwache Steigung nicht überwinden, als hinge eine Riesenlast an ihm - nur ganz langsam, lautlos, gespenstisch, kaum merklich gleitet er vorwärts, während der Wärter atemlos ihm entgegenstürzt -

Jetzt ist er an der Weiche - Wunder über Wunder! Die Weiche steht richtig. Zwar die Laterne brennt noch immer nicht, aber der Wärter überzeugt sich im hellen Mondlicht, die Weiche steht richtig - auf den Schienen kein Hindernis - alles in Ordnung -

Da, im Taumel des Wunderbaren, denkt er wieder an sich, seines heißesten Wunsches, an seinen Sohn, an das Versprechen, das er seiner Frau gegeben -

Wenn das Glück kommen soll, so ist jetzt die Zeit - er greift nach dem dritten Nagel, wirft ihn fort und ruft:

»Komm zurück, unser Sohn!«

Und siehe da, der Zug nähert sich wieder, wieder beginnen die Räder zu rollen, die Schienen donnern unter ihnen, in gewohnter Weise braust der Zug heran, ungefährdet in den richtigen Weg lenkt die Maschine -

Der Wärter ist zurückgesprungen und starrt in die Fenster, und im letzten Wagen, im hell erleuchteten Abteil am offenen Fenster steht - sein Sohn!

»Otto! Otto!«

War er's denn wirklich? Ja, ja, es war keine Täuschung, er hat ihn deutlich erkannt. Noch starrt er dem Zuge nach, dessen Laternen schon entschwunden sind - dann stürzt er vorwärts seinem Hause zu - was wollte er eigentlich, ja richtig, die Laterne muß angezündet werden - und - und die Mutter muß es wissen - ob sie ihn auch gesehen hat?

Auf dem schmalen Rand am Geleise rennt er auf seine Wohnung zu - da - da ruft's ihm plötzlich entgegen:

»Halt! Vorsicht! Langsam!«

Er blickt auf.

Aus dem Graben am Bahndamm hat sich eine graue Gestalt aufgerichtet - der Zwerg! Der Zwerg!

Dem Wärter schwindelt es. Er will stehen bleiben, da tritt sein Fuß auf eine weiche, glitschige Masse - er gleitet aus und stürzt zusammen.

Die Gestalt im Graben richtet sich auf.

»Nur Ruhe, Ruhe, Mann! Ich bin nicht der Ritter von Schrobeck – der ist ja erlöst!«

Die Gestalt ist herangetreten und hilft dem Wärter auf die Füße. »Sie haben sich doch nichts getan? Nein? Na, 's ist mir auch so gegangen, bin auch ausgeglitscht und in den Graben gerutscht – war nur eben dabei, mir die Kleider etwas abzuputzen –«

Der Wärter erholte sich.

»Um Gottes willen, wie haben Sie mich erschreckt! Wie könnt' ich wissen, daß Sie hier sind, Herr Baumeister!«

»Na, ich bin nicht weniger erschrocken – aber ich bin schuld daran – warum mußt' ich auf den dummen Spaß verfallen – na, seien Sie mir nicht böse, ich habe keine schlechte Angst ausgestanden, als ich Sie nicht auf der Strecke fand – und die Weiche verstellt – der Teufel möge die Schufte holen!«

»Wie? Da haben Sie die Weiche wieder in Ordnung gebracht?«

»Mit knapper Not. Wenn diese Nonnen hier – Aber nun lassen Sie uns erst einmal vorsichtig weiter am Damm entlang gehen, daß Sie Ruhe in Ihrer Bude bekommen. Wissen Sie denn, weshalb Sie hier gefallen sind? Weshalb ich Sie anrief?«

»Ich seh' es jetzt. Die verflixten Raupen sind's – ich hab' schon gestern einen Zug im Walde gesehen.«

»Ja, die Raupen von Liparis monacha, der Nonne, dem Fichtenspinner, die uns den Wald abfressen. Sie wandern jetzt, zu vielen Millionen in einem Zuge. Und heute Nacht sind sie auf die Idee gekommen, hier auf dem Bahndamm entlang zu spazieren.«

»'s ist gräßlich, man kann kaum treten.«

»Na, das ist nur eine kleine Seitenpartie, wir sind schon darüber fort. Der Hauptzug kriecht weiter unten, hinter Ihrer Bude, übers Geleise, und wir können Gott danken, daß er's tut; hätte er nicht den Zug aufgehalten – wer weiß, ob ich die Weiche rechtzeitig herumgebracht hätte, dann sie war richtig verkeilt. Aber diese Viecher haben ja das Geleise wie mit Öl geschmiert, da kann die stärkste Maschine nicht bergauf fahren.«

»Was? Wie?« fragt der Wärter stammelnd. »Die Raupen haben – – aber die Nägel – – Da sind Sie wohl gar selbst – Herr Baumeister – oben auf der Ruine –«

»Ja, ja, leider. Na, hören Sie mal zu. Es versteht sich, wenn Sie Schaden gehabt haben, ich komm' für alles auf. Na, bestraft bin ich genug durch die Angst. – Also, ich komm' gegen Abend droben beim Förster an. Die herrliche Mondnacht lockt mich, noch zur Ruine hinauf zu steigen. Ich sitze wohl eine Stunde da. Prächtig! Da höre ich unten jemand den Berg herauf kraxeln. Ich denke, was sucht einer jetzt hier? Da fällt mir die Geschichte vom grauen Zwerg ein – sollte etwa? Ich rechnete nach, am 18. Mai war Pfingsten – richtig, heut' ist der achte Sonntag nach Trinitatis und Vollmond dazu – aha, denke ich, das siehst du dir mal an.

Ich krieche hinter die Türöffnung und schlag' meine Kapuze in die Höhe – und nun geht die Beschwörung los. Auf einmal zwackt mich der Übermut, ich denke, hast du nicht irgend was da, was als Nagel gelten kann? Ich such' in der Tasche und richtig, da find' ich noch ein paar Messingstifte. Na, und so weiter.

Nun der Schreck, als ich Sie erkannte, wie Sie den Berg 'runterrannten. Ich fürchte, der Mann verliert den Kopf und verpaßt den Dienst, und ich denke an die Strecke. Also ich nach. Aber ich kann Sie nicht finden. Ich gucke in Ihre Bude, Sie sind nicht da. Nun fällt mir die Weiche ein. Ich laufe die Strecke entlang. Da seh' ich, die Laterne brennt nicht. Sie hatte vorher gebrannt, ich hab's deutlich von oben gesehen. Ich mache mich also daran – und, Gott sei Dank, ich wurde noch fertig. Aber wo haben Sie denn gesteckt – –?«

»Mich hatten sie gebunden, und ich kam frei – durch den Nagel – –

Aber – Herr Baumeister – wenn das so war, mit dem Wunsche, so ein Zufall – daß ich von selbst frei kam, daß der Zug durch die Raupen fuhr, wenn das gar nicht die goldnen Nägel machten, so war's am Ende auch gar nicht der Otto –«

Der Wärter starrte leichenblaß auf den Baumeister, der ihn fragend ansah.

»So ist der Otto gar nicht zurückgekommen?« schrie der Wärter und blieb stehen.

»Der Otto, der Otto!« rief eine Stimme. »Wo bleibst de denn, Paul?«

Die Frau des Wärters kam von der Bude hergehinkt.

»Ich hab's schon gemerkt, du warst oben. Der Otto war im Zuge ich hab' ihn deutlich erkannt – er fuhr ganz langsam vorbei – er hat mich gesehn – es war der Otto! der Otto!«

Der Schirm

Es war eine Berghalde. Viel Wurzelstöcke dorrten darauf, und roter Fingerhut wuchs über Steingeröll, und die Sonne brannte um Mittag. Am Waldrand grünte die Buche mit breiten Ästen; nur wenige Strahlen drangen hindurch, die fielen auf den ausgespannten Schirm, der am Boden stand.

Auf dem untersten Ast lag die goldäugige Elfe, angeschmiegt mit weißen Armen, und ärgerte sich. Denn sie konnte nicht sehen, was unter dem Schirm war; es mußte aber jemand darunter sein, weil sie ein paar Stiefel erblickte, die hinter dem Schirm hervorragten, und Stiefel laufen nicht allein im Walde herum. Als nun alles ganz still blieb, da meinte sie, er schliefe. Und sie beugte sich weit herab und hob leise den Rand des Schirmes und schaute dahinter. Er schlief aber nicht, sondern sah gerade über sich mit großen Augen in seinen eigenen, weiten, blitzblauen Welthimmel, denn den führte er immer bei sich und konnte ihn aufspannen, wo er wollte; das war sein Schirm.

Es wunderte ihn gar nicht, daß er jetzt der Elfe in die Goldaugen blickte. Sie aber war ein wenig überrascht und sagte:

»Ich bitte um Entschuldigung, ich wollte nur sehen, ob es der Schatzgräber sei, der hier schlafe.«

»Ich glaube nicht«, antwortete er.

»Es ist mich auch lieber so«, sagte sie.

»Das ist sehr freundlich, schöne Elfe. Aber darf ich vielleicht fragen, warum du den Schatzgräber suchtest?«

»Ich suchte ihn eigentlich nicht, ich wollte nur sehen, ob er noch immer so dumm ist. Aber willst du den Schirm nicht fortnehmen?«

»Vorläufig noch nicht. Ich bin nämlich etwas empfindlich gegen goldne Augen, und wenn du erlaubst, lasse ich den Schirm noch gespannt, bis ich weiß, was es mit dem Schatzgräber auf sich hat.«

Die Elfe lachte und setzte sich auf den Ast.

»Das ist sehr einfach«, sprach sie, »du wirst gleich sehen, daß dir die Goldaugen nicht auf den Kopf fallen werden. Und wenn sie einer haben will, so mach' ich's wie mit dem Schatzgräber.«

»Und das wäre?«

»Ich will es doch lieber nicht sagen.«

»Das kannst du halten wie du willst, schöne Elfe, denn ich glaube dir doch kein Wort.«

»Warum nicht?«

»Weil ich nicht so dumm bin.«

»So nimm den Schirm fort.«

»Erst sprich!«

»Ehe er Schatzgräber wurde«, sagte die Elfe, »lag er hier unter dem Baum und bat mich herabzukommen, ich hatte aber keine Lust. Nun wollte er wissen, was er tun müsse, damit ich ihm folge. Da sagte ich: Jeden Abend, ehe ich schlafen gehe, lege ich meine Augen in den großen eisernen Kasten, der auf der Halde tief unter dem roten Fingerhut vergraben ist. Wenn er sie herausgrübe, bis die Sonne aufgeht, so würde er meine Augen haben, und dann müßte ich die Seine werden. Da kam er nun und grub und hackte die ganze Nacht, und mit unsäglicher Mühe hob er die Kiste herauf im Dämmerlicht und brach sie auf. Und als er sie aufgebrochen hatte, war sie – leer. Er wurde sehr bös und lief unter die Buche und schalt mich. Ich sagte aber, er müsse Geduld haben, er solle nur die Kiste am Tage wieder eingraben, dann werde es schon gelingen. Nun gräbt er im Sonnenbrand die leere Kiste wieder ein, und in der Nacht gräbt er sie wieder aus, und immer ist sie leer. Und das treibt er unermüdlich. Ist es nicht rührend, wie treu er mir dient?«

»Warum ist sie leer?« fragte der mit dem Schirme.

»Warum? Nun, weil ich die Augen gar nicht hineintue.«

»Ei, dann bist du ja aber eine ganz tückische Lügnerin.«

»O pfui«, sagte die Elfe, »wie kannst du so reden? Ich kann sie ja nicht hineintun, das müßte sich der Schatzgräber doch selbst denken. Ich habe ja gar keine goldnen Augen.«

Da nahm der Mann unter dem Baume den Schirm fort und blickte in die Höhe, und die Goldaugen der Elfe blitzen ihm entgegen, und ihre Arme streckten sich aus, und er wollte aufspringen. Aber zum Glück stieß er an den Schirm, und der Schirm schob sich wieder dazwischen. Da warf er sich gemächlich hin und sagte:

»Nun kenn' ich dich, schöne Elfe, und wenn du mich wieder ansehen willst, so mußt du unter meinen Schirm kommen.«

»Ich werde mich hüten«, rief die Elfe schmollend. »Warum willst du den dummen Schirm nicht fortnehmen? Die Sonne scheint ja gar nicht mehr.«

»Er ist auch gut gegen den Regen. Es ist ein Schirm für alle Fälle, und es ist ein großer, weiter, herrlicher Himmel darunter. Wenn du herabkommst, so darfst du ihn sehen.«

»Aber es regnet gar nicht. Sag' mir bloß, warum du den Schirm brauchst?«

»So lange ich den Schirm habe, hab' ich die Welt für mich, und alles gehört mir, und niemand kann mich stören. Aber wenn ich ihn nicht hätte - Doch höre, ich will dir eine Geschichte erzählen.

Es war einmal ein Mann, der hatte seinen Schirm stehen lassen. Und als er nun ausging, um nachzusehen, ob die Welt bald fertig wäre, da nahm er in der Zerstreutheit sein Herz in die Hand. Das schadete ihm nichts und tat ihm wohl, so lange die Sonne schien.

Es kam aber eine Wolke und dann noch eine, und da sie nichts Besseres zu tun wußten, so regneten sie eine Weile und gaben auch noch ein Stündchen zu. Da hielt der Mann sein Herz über den Kopf, und das Herz wurde weich, pflaumenweich.«

»Der Mann scheint mir noch dümmer als der Schatzgräber«, sagte die Elfe.

»Das war er, doch höre nur weiter. -

Im Bache spielten die Goldfische, und als der Mann am Ufer hinwandelte, tat es ihm leid, daß die armen Goldfische so naß werden sollten vom Regen. Darum hielt er sein Herz über sie, damit ihnen nicht die Farbe abginge; denn er wußte nicht, ob sie echt sei.

So wurde das Herz noch weicher, windelweich, und man konnte es auswinden.

Das tat denn auch der Mann, und als der Regen aufgehört hatte, wollte er's zum Trocknen aufhängen. Schwierig war das nicht, weil das Herz ein Loch hatte; ohne dieses wäre es gar nicht so durchregnet. Dafür blieb es aber auch leicht hängen. Er mußte nur etwas haben, woran er sein Herz hängen konnte.

Während er so am Bache suchend hinschritt, sah er zwei Bäume stehen, die grünten und blühten, daß es eine Pracht war; das heißt, der eine grünte mehr und der andre blühte mehr, aber eine Pracht war es nun einmal, das meinte der Mann auch.

Und der eine Baum, an welchem die vielen grünen Blätter waren, winkte mit seinen Zweigen, er möge sein Herz daran hängen, damit es wieder fest und fröhlich werde. Dabei wuchsen die Zweige immer höher und ordneten sich oben zu schönen Kränzen. Goldne Schleifen flatterten daran, und die Sonne glänzte darauf mit ihren Strahlen, als wenn tausend selbstleuchtende Sterne auf dem Baume Verstecken spielten. In ihrem gegenseitigen Schimmer schienen sie heller und herrlicher, und lockender neigten sich die Kränze.

Die Vögel flogen herbei und sangen, daß dies der gepriesenste Baum der Welt sei; denn er stehe frei und groß im ewigen Äther, und keine Krone dauerte so lange wie seine Kränze. Und eine alte Eule schlug ein Rad mit den Augen und meinte, er sei allerdings ein großartiger Baum; selbst der Mond habe gesagt, daß nichts darüber ginge als die Purzelbäume, welche die Kometen um die Sonne schlagen.

Da hing der Mann sein Herz an den Baum.

Die Zweige bewegten sich und hoben es allmählich höher zwischen die Kränze und die goldenen Schleifen.

Klar funkelte das Herz in den Sonnenstrahlen, aber fest wollte es nicht werden. Wenn es an einen Kranz gekommen war und sich hineingesetzt hatte, da räusperte sich die Eule und sagte, von der Rückseite würde es sich noch schöner machen. Und wenn nun das Herz sich umdrehte, so schwankte der Kranz und es fiel wieder herab auf einen tieferen Zweig.

Das ging so eine Weile und das Herz begann schließlich zu trocknen.

Auf dem andern Baume aber, welcher eigentlich ein Strauch war, blühten rote, weiße und gelbe Rosen; sie blickten schmachtend und glühend mit süßen Frauenaugen hinauf in den Baum des Glanzes, und ihre Düfte zogen durch seine Zweige wie Frühlingsodem. Und eine junge Teerose enthüllte ihre feinen blaßgelben Blätter und sah tief hinein in das Herz des Mannes, gerade wo es die Lücke hatte. Da mußte auch das Herz hinabblicken in den Kelch der Rose, als es eben wieder eine Stufe emporsteigen sollte. Und weil es nicht aufpaßte, so verfehlte es den Zweig und fiel in den Bach.

Da war es nun gründlich naß geworden.

Der Mann zog die Stiefel aus, watete in den Bach und fischte sein Herz auf. Und nun hing er sein Herz an den Rosenstrauch.

Er hing es an die Teerose; aber ihre Blätter fielen ab, und die Rose welkte unter der Last.

Das Herz glitt vom kahlen Stengel in den offenen Kelch einer dunkelroten Blüte, und das rote Herz und die rote Rose glühten zusammen im Sonnenschein.

›Halte mich‹, sprach das Herz, ›daß ich mich wärmen kann im Glutstrom, der aus deinem purpurnen Kelche widerstrahlt.‹

Die Rose freute sich des Schmuckes und freute sich des goldenen Schimmers, der vom Baume des Glanzes herüberleuchtete auf das pochende Herz. Und sie meinte, daß ihr das Herz gut stehe; und um noch besser zu sehen, wie schön sie sei mit diesem neuen Schmucke, beugte sie tief sich hinab zum Wasser des Bachs, um sich und ihr Glück zu bespiegeln.

›Es paßt zu mir in der Farbe‹, sagte die Rose, ›und so etwas hat doch keine von den andern.‹ Und damit bückte sie sich so tief auf den Spiegel, daß das Herz wieder durch und durch naß wurde.

›Halte mich‹, rief das Herz, ›denn das Wasser kann ich nicht vertragen.«

Da hob sich die Rose in die Höhe und jubelte, daß das Herz noch fest hing. Wieder erglühte es in goldenem Lichte und klammerte sich an die Rose. Ein süßer Klang ertönte aus dem Herzen, daß die andern meinten, eine Nachtigall sänge unter ihnen ein frühes Lied, und alle wandten die schönen Blumenaugen nach der beneideten Nachbarin.

Die Rose aber dachte: Es ist doch etwas Prächtiges, ein Menschenherz zu besitzen, und besonders, weil Rot mich so gut kleidet. Es ist ja ein Unsinn, daß ihm das Wasser schaden soll; so ein Herz bildet sich immer etwas ein. Aber ich bin doch eben dazu da, daß Rot mir gut steht, und wenn nun einmal das Herz an mir hängt, warum soll mich nicht freuen, wie ich ansehe? Hab' ich ihm den Platz angeboten? Hab' ich Pflichten? Hab' ich Rücksichten zu nehmen? Es fällt mir gar nicht ein, mich tyrannisieren zu lassen! Wozu sind denn die Herzen, wenn nicht für die Rosen? Ich will mich noch einmal im Bache spiegeln.

Die Rose neigte sich wieder hinab zum Wasser, tiefer und tiefer, und deutlich zeigte ihr der Spiegel das leuchtende Herz, wie es sich angstvoll und bebend an sie klammerte. Denn es konnte nicht anders.

Und immer tiefer beugte sie sich abwärts, bis das Herz ganz in das Wasser tauchte.

Da rissen es die Wellen von der Rose, es trieb dahin im Bache – die Rose schnellte von der Last entledigt in die Höhe, die Tropfen spritzten um sie in bunten Lichtern. Die Sonne ging unter, und die Rose schlief ein und wußte nicht, daß sie die Nachtigall nimmer wieder hören würde.

Der Mann aber tappte im Dunkeln nach seinem Herzen, und als er es glücklich gefunden zwischen einem Krebs und einer Kröte, da wischte er es säuberlich ab, trat auf die Wiese, wo die Elfen im Mondschein zu tanzen begannen, und blickte hinauf zu den Sternen, die höher waren als alle Bäume.

Da nahm er sein Herz und warf es in die Luft.

Und das Herz bekam Flügel und flog empor, höher und höher.

Der Mann aber ging zurück zur Stadt und kaufte sich einen neuen Schirm; er tat ein Gelübde, diesen neuen, festen Schirm nie wieder zu vergessen. Und das wird er auch halten.«

Als der Mann unter dem Schirme schwieg, sagte die Elfe langsam: »Und das Herz, wo kam es hin?«

»Man weiß es nicht«, antwortete der Mann.

»Um so besser«, rief die Elfe und klatschte in die Hände. »Nun bist du mir recht; jetzt passen wir zusammen! Ich komme!«

Und sie sprang vom Baum, schlüpfte unter den Schirm und küßte ihn.

Die entflohene Blume

(1910)

Eine Geschichte vom Mars

»Was fehlt dir denn, mein Dukchen?« sagte die kleine Ha. »Willst du mehr Sonne haben, oder soll ich dir ein Wölkchen vorziehen?«

Ha sprach nicht zu einem anderen Kinde oder zu ihrer Puppe, sondern zu einer Pflanze, die mit dunkelroten Blättern und zwei radförmigen Blüten, größer als Has Kopf, in ihrem Zimmer stand. Diese Pflanze hieß Dukchen. Sie wiegte die Stiele ihrer Blätter und Blüten anmutig hin und her und ließ dabei fangartige Töne vernehmen. Und nun verstand Ha, was die Blume ausdrücken wollte.

Dukchen und das kleine Mädchen wohnten nämlich nicht auf der Erde, sondern auf dem Planeten Mars. Dort sind die Bewohner, die Martier, ebenso wie die Pflanzen schon viel weiter vorgeschritten als hier auf der Erde. Die Martier wissen längst, daß die Pflanzen auch beseelte und fühlende Geschöpfe sind, und haben gelernt, ihre Bewegungen und Töne zu verstehen, durch die dort die Pflanzen sprechen vermögen.

»Ich bin traurig«, sang die Pflanze; »ich weiß, daß du es gut mit mir meinst, aber ich war doch eine freie Bergpflanze und bin nun hier gefangen. Ihr habt mich hinweggenommen aus der Blumenschlucht, wo ich mit meinen Verwandten wohnte. Und nun ist meine Blütenzeit wieder da; meine Blüten wollen sich ablösen und ins Freie fliegen, um sich dort ins Erdreich zu setzen und neu zu wurzeln.«

»Aber Dukchen, ich habe mich doch so sehr gefreut, daß ich dich endlich bekam! Nein, ich kann deine Blüten nicht herauslassen. Aber ich will dir frische Erde hersetzen, daß sie wurzeln können.«

»Nein, Ha, das würde mir nichts nützen. Sie müssen ins Freie, und wenn du mich nicht hinaus läßt, so müssen sie ohne deine Erlaubnis fortfliegen.«

»Das duld' ich nicht, Dukchen. Fenster und Türen sind geschlossen. Aber ich will dir gleich frischen Boden verschaffen. Sei nur brav!«

Ha lief hinaus. Nach längerer Zeit kehrte sie zurück, gefolgt von ihrem um drei Jahre älteren Bruder Hei, der eine große Kiste mit Erde herbeischleppte. Während es noch beschäftigt war, diese durch die Tür zu schaffen, vernahm er plötzlich, daß Ha einen Schrei ausstieß, und über ihn hinweg flatterte es wie zwei große, gelb und grün leuchtende Vögel. Es waren die Blüten von Dukchen, die sich inzwischen abgelöst hatten. Sie flogen mit dem abgelösten Ende des Kelches voran, die Luft zerteilend, und wirbelten aus sich selbst, so daß ihre steifen, schräg gestellten Blütenblätter wie eine Schraube wirkten und ihre langen Staubfäden hinterher zogen und als Steuer dienten. Das ging um so besser, als auf dem Mars die Schwerkraft nur ein Drittel so groß ist wie auf der Erde.

Ha begann zu weinen, aber der Bruder hatte schon den Kasten hingestellt und rief: »Komm schnell, Ha, wir fangen sie wieder ein. Mein Kletter-Auto, mit dem ich eben aus der Schule kam, steht noch fix und fertig draußen. Komm wie du bist, es ist alles drin, was wir brauchen.«

Eilends stürmten die Kinder in das Fahrzeug. Hei lenkte, Ha saß neben ihm. Das Haus lag, wie alle Privathäuser der Martier, fern von den großen Geschäftsstraßen im Freien zwischen Parkanlagen. Die Blüten waren freilich nicht mehr zu sehen. Aber Hei tröstete die Schwester: »Ich weiß, woher die Pflanze stammt, dahin fliegen die Blüten unbedingt, in das Bergloch auf der Wüste Burr.«

Hei vermied die großen Industriebezirke des Mars und lenkte das Auto nach der Grenze der bewohnten Niederung, wo sich steil die kahlen Felsen erhoben, die zur Hochebene der Wüste Burr hinaufführten.

Es war ein merkwürdiges Ding, das Kletter-Auto. Räder hatte es nicht; am ehesten hätte man es mit einem riesigen Insekt vergleichen können, das die stattliche Länge von drei Metern besaß. Denn es lief auf drei Paar Beinen und galoppierte darauf über die Ebene viel schneller als ein Rennpferd. Es brauchte dazu keine gebahnten Wege. Auch jetzt, als es den felsigen Abhang des Gebirges hinaufklomm, kletterte es mit seinen sechs Beinen schnell und sicher in die

Höhe. Zuletzt aber kam eine fast senkrechte Felsmauer, die ein Alpinist nur mit großer Mühe und mit Hilfe des Seils bewältigt hätte. Aber auf einen Handgriff Heis richtete sich das Auto auf den Hinterbeinen empor, während der schaukelartig herabhängende Sitz sich von selbst einstellte. Die langen Vorderbeine vorstreckend, schritt es auf die Wand zu, wo es sich mit den Fußenden festsaugte, in die Höhe zog und dann mit den übrigen Beinen sich ebenso festhielt und aufwärts schob. So kletterte es wie eine Wespe an der Wand empor. Nun war die Hochebene erreicht, und es ging wieder im Galopp vorwärts, bis Hei vorsichtig vor einer tiefen, trichterförmigen Einsenkung halt machte. Steil senkte sich hier der Boden, in bunten Farben leuchteten die Wände der Senkung. Die Reisenden befanden sich vor einer der Pflanzenoasen der Wüste Burr, in denen sich das ganze Jahr hindurch Feuchtigkeit sammelte und hielt.

»Hier unten wohnen die Dukchen«, sagte Hei. »Die Blüten haben wir natürlich überholt, ohne sie zu sehen, da sie sehr hoch geflogen sind. Aber ehe wir hinunterkommen, werden sie schon anlangen und sich festsetzen, denn sehr lange halten sie es in der Luft nicht aus. Wir können auch nur ein kleines Stück mit dem Auto hinab, dann fängt das dichte Gebüsch an, und wir müssen zu Fuß klettern. Ich kenne den Platz, wir waren voriges Jahr mit unserem Naturlehrer hier.«

»Ach«, rief Ha, »als du die eßbaren Steine mitbrachtest? Die will ich auch suchen, die schmeckten zu gut!«

»Wir wollen sehen.« –

Am Gebüsch angelangt, verließen die Kinder den Wagen und kletterten zwischen Sträuchern und Steinen abwärts. An einer Stelle zeigte sich eine Felsenspalte. »Hier geht's hinein«, sagte Hei lächelnd.

»Zu den Dukchen?« fragte Ha. »Nein, zu –« Hei machte eine Pantomime, als stecke er etwas in den Mund.

»Eßsteine! Ach, bitte, bitte!«

Die Spalte erweiterte sich zu einer geräumigen Höhle, die von oben her Licht erhielt. Hei suchte an den Seitenwänden, dann brach er eine Platte des mürben, schieferartigen Gesteins ab. »Da«, sagte er, »du mußt es in kleine Stücke zerbrechen.«

Ha griff eifrig zu. »O, fein, fein! Herrlich schmeckt das. Woher kommt der Stein?«

»Vor vielen Millionen Jahren wuchsen hier große Wälder mit vielen, vielen Blüten; dort legten zahllose Bienen große Vorratskammern von süßem Saft an. Später wurden die verschüttet, es kamen die trocknen Wüstenzeiten, der Saft wurde fest, und er hielt sich – er ist sozusagen versteinerter Honig.«

Die Geschwister erquickten sich an den Steinen und sammelten eine reichliche Menge. Denn kehrten sie in die Senkung zurück und stiegen weiter hinab.

Hei hatte eben eine rot leuchtende Stelle vor ihnen, die Blumenschlucht, als den Standplatz der Dukchenpflanzen bezeichnet, da rief Ha, sich umblickend, plötzlich: »Sieh, was von dort oben herabfliegt, sind das nicht –?«

»Gewiß, das sind unsere Blüten. Warten wir, bis sie vorüber sind.«

»Aber da unten, was ist denn dieses Graue, das da hervorkriecht?« Hei starrte hin. Vom Grunde des Trichters her schob sich eine graue Masse und zog sich um die ganze Einsenkung wie ein schlangenförmiger Wulst herum. Von dort wälzte sie sich höher und höher. »Um Gotteswillen!« stöhnte Hei. Er ergriff Has Hand und zog sie nach sich. »Nach oben, so schnell uns die Füße tragen!«

»Was ist, was ist?«

»Der Tiefenwurm! Es kann nichts anderes sein. Wenn er uns einholt, sind wir verloren! Wir müssen das Auto erreichen!«

Es gab keine Zeit zu Erklärungen. Beide rannten, so schnell sie konnten, den Abhang hinauf. Aber schneller noch war der Tiefenwurm. Zu gewissen Zeiten quellen vom Grunde des Bergkessels her Nebel empor, mit Gasen vermischt, die der Mensch nicht einatmen kann, ohne zu ersticken. Da sie ähnlich einer riesigen Schlange am Abhänge hinkriechen, nannte man sie den Tiefenwurm. Hei hatte zwar davon gehört, glaubte aber, daß sie nur am frühen Morgen aufstiegen.

Näher rückte die Masse. »Ich kann nicht mehr!« rief Ha. Sie stürzte. Hei versuchte sie auf den Arm zu nehmen. »Nur noch ein paar

Meter, dann sind wir am Auto!« Er warf einen Blick rückwärts. Da wehte es heran, eisig – jetzt war es da – zwei Schritte noch, da brach er mit der Schwester zusammen. – – Der Tiefenwurm kroch über die Kinder hinweg.

Wenige Minuten später war die Stelle wieder frei. Der Nebel erreichte den Rand der Einsenkung und verlor sich unschädlich in der Wüste.

Die Kinder lagen bewußtlos, nahe an ihrem Kletter-Auto. Aber seltsam – ihre Gesichter waren völlig bedeckt, jedes von einer großen, dichten, gelb- und grünschimmernden Haube. Jetzt bewegten sich diese Hauben, sie lösten sich ab, die Kinder begannen wieder zu atmen – jetzt schlugen sie die Augen auf – sie waren gerettet. Die fliegenden Dukchenblüten hatten die Kinder bemerkt und die Gefahr, in der sie schwebten. Den Pflanzen schadet der Tiefenwurm nichts, im Gegenteil, sie gedeihen gerade in diesen Gasen. Da hatten sich die Blüten im rechten Augenblick auf die Kinder gestürzt und ihr Gesicht bedeckt und geschützt, so daß sie nur den heilsamen Duft der Blüten atmeten.

»O, ihr lieben Blüten, du liebes, liebes Dukchen!« sagte Ha, als sie zur Besinnung kam. »Ihr habt uns gerettet, und wir wollten euch fangen! Nein, nie wieder wollen wir einer Pflanze die Freiheit rauben! Das verspreche ich euch«, sagte Hei. »Habt Dank, habt Dank!« – –

Das Auto galoppierte mit den Kindern davon; noch einmal winkten sie oben vom Rande der Schlucht.

Die Blüten aber flogen hinab und siedelten sich fröhlich in ihrer Heimat an.

Unser Recht auf Bewohner anderer Welten

(Zuerst erschienen Frankfurter Zeitung, 16.10.1910, einen Tag vor dem Tod des Verfassers.)

Seitdem die Wissenschaft unwiderleglich die Erde zu einem Planeten, die Sterne zu Sonnen wie die unsere gemacht hat, seitdem können wir unsere Blicke nicht zum Sternenhimmel erheben, ohne mit Giordano Bruno daran zu denken, daß auch auf jenen unzugänglichen Welten lebende, fühlende, denkende Geschöpfe wohnen mögen. Es muß geradezu sinnlos erscheinen, daß in der Unendlichkeit des Weltalls unsere Erde der einzige Träger von Vernunftwesen geblieben sein sollte. Die Weltvernunft verlangt notwendig auch unendliche Stufen vernunftbegabter Weltenbewohner.

Dazu kommt die tiefe und unauslöschliche Sehnsucht, nach besseren und glücklicheren Zuständen, als die Erde sie bietet. Wir träumen von einer höheren Kultur, aber wir möchten sie auch kennenlernen nicht bloß als eine Hoffnung auf ferne Zukunft. Wir sagen uns, was einst die Zukunft der Erde bringen kann, das muß bei der Unendlichkeit der Zeit und des Raumes auch jetzt schon irgendwo verwirklicht sein. Wo sollen wir solche überlegene Kulturwesen anders finden als auf einem begünstigteren Planeten?

Aber die wissenschaftliche Erkenntnis läßt uns hier im Stiche. Sie zeigt uns nur die *Weltkörper*. Von ihren Bewohnern weiß sie nichts und will sie auch nichts wissen. Denn sie bedarf nach unserer gegenwärtigen Erfahrung dieser Hypothese nicht. Es sind in der Tat andere Motive als theoretische, die uns die Frage nach den Bewohnern fremder Welten immer wieder lebendig machen, es sind andre, nicht minder wertvolle Realitäten des menschlichen Bewußtseins als die Wissenschaft, von denen wir eine Erörterung dieser Frage fordern dürfen. Die Gebiete, an die wir uns hier zu wenden haben, sind die *Dichtung und die Weltauffassung*.

Doch auch in diesen Gebieten ist die Phantasie keineswegs völlig frei in bezug auf die Vorstellungen, die wir uns über die Bewohner anderer Weltkörper machen, und es lohnt sich wohl, diese Grenzen einmal in Betracht zu ziehen. Für die Dichtung scheint es freilich zunächst, als wäre sie ganz ungebunden in ihren Voraussetzungen, als gingen sie selbst die Naturgesetze nichts an. Aber das gilt doch nur vom *Märchen*. Hier werden alle Gesetze der Erfahrung absichtlich oder naiv beiseite gesetzt. Das Märchen erschafft sich seinen Stoff selbst. Es macht geradezu die Aufhebung der Naturgesetze, ja sogar der Konsequenz der psychologischen Erfahrung zu seinem *Stoffe*, mit dem die Phantasie spielt. Die Form, zu der es seinen Stoff erhebt, ist alsdann die schrankenlose Freiheit des gestaltenden Geistes; mit dieser erfüllt es unser Bewußtsein und hebt uns dadurch aus dem Reiche der Notwendigkeit hinaus. In diesem freien Spiele der Phantasie besteht die Wirkung des Märchens.

Aber um das Märchen kann es sich hier nicht handeln. Wir fragen ja danach, mit welchem Rechte die Dichtung die wirkliche Existenz der erfahrungsmäßig bisher nicht nachgewiesenen Planetenbewohner voraussetzen darf, *um sie mit dem Inhalt des gegenwärtigen Lebens zu verknüpfen*, wenn sie dieses zum Stoffe ernstgemeinter Erzählung wählt. Bei der Überführung in die dichterische Form dürfen dann die Gesetze der Natur und der Seele nicht verletzt werden, ohne den Widerspruch des Lesers zu wecken und die Wirkung zu stören. Denn alles, was im künstlerisch ernst gemeinten Romane geschieht, muß mit unserm eignen Erlebnis, also mit der zeitgenössischen Anschauung von Naturgesetz und Psychologie, in Verbindung zu bringen, muß erklärbar und glaubhaft sein. Eine Wirkung, die einfach durch Zauberkunst geschähe und nicht technisch sich begründen ließe, ist dichterisch ebensowenig brauchbar, wie eine plötzliche, psychologisch nicht motivierte Umwandlung eines Charakters. Es überschreitet z.B. meines Erachtens schon die Grenzen des poetisch Zulässigen, wenn erzählt wird, daß durch ein bisher nie beobachtetes Naturereignis eine plötzliche psychologische Wirkung eintritt, indem durch Einatmung von Gasen eines Kometenschweifes auf einmal alle Menschen zu Geschöpfen von engelhafter Güte umgewandelt werden. Unser Wahrhaftigkeitsgefühl duldet keine Voraussetzungen, die der bisherigen wissenschaftlichen und psychologischen Erfahrung schlechthin widersprechen. Wir geraten sonst in das Gebiet der Groteske, einer Kunstform, die hier ebenso wenig in Betracht kommt wie das Märchen.

Es soll sich also hier nur um die Frage handeln, ob und wie in der ernsten Dichtung eine Verbindung von Planetenbewohnern mit modernen Menschen herzustellen sei. Will der Dichter bloß eine

Phantasiegesellschaft schildern, so kann er diese natürlich auf eine beliebige unentdeckte Insel, auf einen fremden Planeten oder in eine ferne Zukunft verlegen. Aber das ist dann schon lehrhafte Dichtung mit mehr oder weniger ausgesprochener Tendenz, von der wir ja in der Weltliteratur und Philosophie berühmte Muster kennen; man denke nur an Platons oder Campanellas politische Utopien. Natürlich gibt es zahllose Übergänge zwischen der eigentlichen Poesie mit selbständigem ästhetischem Zweck zur didaktischen, satirischen oder scherzhaften Wirkung. Wenn bei Chamisso Peter Schlemihl seinen Schatten verkauft, so stehen wir schon im Gebiete des Märchens. Ebenso sind mythische Persönlichkeiten möglich, wenn es sich um die Bearbeitung einer Sage handelt, z.B. Faust. Dann läßt uns der Dichter eben in der *Zeit* leben, in der diese Sage als Wirklichkeit galt, und wir glauben mit Personen der Handlung an die tatsächliche Existenz des Teufels. Sollen jedoch Figuren, die aus der Phantasie oder dem Volksglauben entstammen, in der Gegenwart oder in einer dieser ganz nahen Zukunft unter uns auftreten, so muß ihre Existenz in der Erfahrung eben glaubhaft gemacht werden. Fremde Planetenbewohner müssen sich also dem Standpunkte irdischer Naturforschung und Psychologie fügen.

Die Dichtung kann eine solche theoretische Forderung, ohne ihrem rein künstlerischen Zwecke etwas zu vergeben, wohl erfüllen, indem sie die wissenschaftliche Erkenntnis selbst zum Stoffe wählt, den sie in Form verwandelt. Der Inhalt der wissenschaftlichen Erfahrung einer bestimmten Zeit gehört ja doch zum Gesamtinteresse der Menschheit, denn er ist ein maßgebender Teil der Gegenwart in bezug auf Naturwissenschaft und Technik. Die Vorstellung, die wir uns auf diesem Felde vom Zusammenhang der Dinge machen, ist ein wesentliches Element des ganzen Kulturinhalts und kann demnach auch Gegenstand der dichterischen Behandlung werden. Seine Form aber gibt die Dichtung diesem ihrem Stoffe, indem sie ihn in persönliches Erlebnis von Charakteren umsetzt.

Bei diesem Geschäfte ist nun die Dichtung weit freier im Gebrauche von Hypothesen als die Wissenschaft bei ihrer Aufgabe, diesen Erkenntnisinhalt zu *schaffen*. Der Dichter darf die Hypothese erweitern zu den Zwecken, die er für sein Wirken erforderlich hält, so lange er nur dem wissenschaftlichen Bewußtsein seiner Zeit nicht widerspricht. In der Wissenschaft ist die Hypothese von der fortschreitenden Erfahrung zu rechtfertigen, in der Poesie nur von ihrer psychologischen Brauchbarkeit, von der Wirkung, die sie ausübt, indem sie die Gegenstände und Ereignisse anschaulich und glaubhaft macht und in lebendige Gemütsbewegung des Lesers überführt.

Hiermit aber ist der Kunst eine Einschränkung gestellt, die für die Wissenschaft nicht existiert, nämlich durch die Grenze, die für das Wesen des Ästhetischen gilt. Die besteht in der Forderung, daß die Darstellung durch ihre Anschaulichkeit ein allgemeines Gefallen ermögliche und erzwinge. Die Dichtung darf demnach kein Mittel, also, in unserm Falle, keine Hypothese verwenden, die es uns unmöglich machen, uns mit Leichtigkeit in die Natur, Art und Lebensweise der Planetenbewohner zu versetzen, oder die unser Gefühl für das Schöne verletzen.

Man könnte sich etwa auf der Sonne Wolken von glühenden Gasen vorstellen, in denen ein bestimmter Kreislauf von chemischen Umsetzungen stattfände (womit eine Geschlossenheit individueller Systeme in Verbindung mit den Einwirkungen der Umgebung gesetzt wäre), so daß diese glühenden Wolken Organismen von riesigen Dimensionen bilden, wirkliche Feuerriesen, denen alsdann auch Bewußtsein nicht abgesprochen werden kann. So könnte ein Sonnenfleck seinen Roman haben. – Oder man könnte sich auf scheinbar erstarrten Weltkörpern mikroskopische Organismen denken, unter ganz andern Verbindungen entwickelt als auf der Erde, die selbstverständlich nicht auf unsern Eiweißstoffen aufgebaut sind, sondern aus Verbindungen, die noch die Temperaturen unter dem Gefrierpunkt des Quecksilbers Energien austauschen und die trotzdem Gemeinschaften bilden von weltbeherrschender Intelligenz. Von Seiten der Naturwissenschaft kann dagegen nichts eingewendet werden, als daß zur Annahme solcher Organismen keinerlei Veranlassung vorläge. Der Poesie stände es also frei, solche Hypothesen zu machen; aber sie könnte sie nicht brauchen, und selbst wenn uns die Erfahrung einmal solche Wesen unwiderleglich nachwiese, könnte der Dichter damit nichts anfangen. Denn es ist eine unentbehrliche Voraussetzung für die dichterische Wirkung, daß wir uns in das Erlebnis der geschilderten Geschöpfe mit unserm eignen Erlebnis versetzen können. Das ist aber bei Geistern mit Flammenkörpern von glühendem Wasserstoff oder bei intelligenten Bazillen, die in flüssiger Luft sich fortpflanzen und amüsieren, schlechterdings nicht möglich. Denn für solche Wesen existieren ganz andre Formen der Sinnlichkeit; sie müßten Empfindungen haben, wie wir sie nicht erleben und daher nicht nachfühlen können. Für die Vorgänge in derartig fremden Organismen vermögen wir kein Interesse zu gewinnen, es sei denn, daß wir diese einfach willkürlich wieder zu Menschen machen. Dann aber sind wir im Märchen oder in der Groteske, und von diesen Kunstformen ist hier nicht die Rede. Die dargelegte ästhetische Rücksicht zwingt den Dichter, seinen Bewohnern andrer Planeten menschliche Gestalt und menschliche Sinne zu geben, wenn auch in idealisierter Form; sonst könnten wir nicht mit ihnen leben. Ich bin fest überzeugt, daß auch auf andern Planeten intelligente Wesen wohnen, ich halte es jedoch für wahrscheinlich, daß sie von unsrer Gestaltung stark abweichen. Dieser naturwissenschaftlichen Wahrscheinlichkeit kann die Dichtung nicht Rechnung tragen, aber sie braucht es auch nicht. Denn da die Grundstoffe und die allgemeinen Formen des Energieumsatzes im ganzen Sonnensystem dieselben sind, so ist es durchaus möglich, daß auch die organische Welt auf Grund der Eigenart des Plasmas sich dort überall in analoger Weise aufgebaut hat. Es ist also dichterisch berechtigt anzunehmen, daß, wenigstens auf den vier innern Planeten, Merkur, Venus, Erde und Mars, vielleicht auch noch auf den Monden der äußern Planeten, das organische Leben ganz ähnliche Entwicklungen durchläuft, die sich im Wesentlichen nur durch die zur Zeit erreichte Stufe unterscheiden. Bei der Venus mag es sein, daß sie, aus ihrer dichten Atmosphäre zu schließen, sich noch auf einem Standpunkte befindet, wie etwa die Erde zur Zeit der Steinkohlenformation. Wer dahin käme, fände auf ihr als höchstentwickelte Bewohner vielleicht erst Fische oder Amphibien vor. Der Mars dagegen mag uns in der Entwicklung nicht um hunderttausend, sondern um hundertmillionen Jahre voran sein. Seine Bewohner werden uns also viel gewaltiger in der Kultur übertreffen als wir die höchstentwickelten Erdbewohner vor der Eiszeit. In diesem Falle wird auch ihre Hochkultur es verstanden haben, die Natur zu bezwingen, die ihnen durch Verlust an Wärme, Luft und Wasser mit Vernichtung droht. Kein Fernrohr und keine Spektralanalyse kann uns zeigen, welche künstliche Atmosphäre und Temperatur sich die Martier unmittelbar an oder unter der Oberfläche des Planeten geschaffen haben. Man könnte sich dies wohl ausmalen; poetisch aber wäre eine solche Kultur nur zu verwenden, insofern sie auch unsern menschlichen Anforderungen an Schönheit und Gemütlichkeit entspräche. Denn der Leser kann nur dort gefesselt werden, wo er an seinen eignen Interessen und Erlebnissen gepackt wird. Die Poesie muß daher stets anthropomorphisieren, sonst würden ihre Persönlichkeiten und Charaktere uns unverständlich sein.

Von dieser Einschränkung befreit in gewissem Grade ist nun die andre Richtung des Bewußtseins, die ebenfalls höhere Geister als die menschlichen fordert, die *Weltauffassung*. Ein Weltbild, das zwischen Tier und Gott keine anderen Stufen geistigen Genießens kennt als den Menschen, vermag uns wenig zu befriedigen, seitdem wir die unendliche Fülle des physischen Universums kennen gelernt haben und die Dämonenwelt des Volksglaubens aus der Natur vertreiben mußten. Wir sehnen uns nach Geistern, die unsern Idealen gleichen, und verstehen nicht die enge Begrenzung einer unendlichen Macht, die zahllose Weltsysteme schaffen sollte, um auf einem Sandkorn wie die Erde ein Geschlecht wie das unsre als höchstes Produkt des Lebens zu erzeugen.

In der Weltauffassung sind wir nicht so eng an die ästhetische Grenze gebunden wie in der Dichtung. Denn die Weltauffassung arbeitet nicht wie die Kunst mit der unmittelbaren Gegenwart des sinnlichen Bildes, sondern mit konstruierenden Gedanken und religiösen Gefühlen.

Poesie wie Weltanschauung sind also der Wissenschaft gegenüber beide dadurch gebunden, daß sie dem wissenschaftlichen Standpunkt ihrer Zeit nicht widersprechen dürfen; die Poesie aber steht sich dabei noch schlechter, weil sie zugleich ästhetisch und anschaulich bleiben muß. Dafür ist jedoch die Dichtung in einer anderen Richtung freier als der Glaube. Wenn nämlich die wissenschaftlichen Erkenntnisse, wie das ihre Aufgabe ist, weiter fortschreitet und zu neuen Auffassungen des Weltzusammenhangs gelangt, so verlieren dadurch Kunstwerke, die auf Grund des veralteten Standpunkts geschaffen sind, nicht im geringsten ihren Wert; es kann nur späterhin die Poesie in ihren Mitteln der Darstellung beschränkt werden. Die Odyssee bleibt schön, unabhängig von den Fortschritten des Weltverkehrs, aber ein Roman, der sich in der

Gegenwart abspielt, darf sich nicht auf Homerischer Geographie aufbauen.

Das klassische Beispiel hierzu bietet das ptolemäische Weltsystem samt der aristotelischen Philosophie, die im Interesse der katholischen Kirche von der Scholastik dogmatisiert wurden. Dieses Weltsystem gründete sich auf den absoluten Gegensatz der irdischen Welt unter dem Monde und der himmlischen darüber. In der irdischen endlichen Welt herrscht die geradlinige Bewegung, die stets ein Ende haben muß; in der himmlischen die kreisförmige Bewegung, die unendlich fortläuft. Nur durch ein Wunder, das die Gnade Gottes mittels der Kirche vollzog, konnte man aus der Welt des Vergänglichen in die des Ewigen gelangen. Aber als die Beweise für die Kopernikanische Lehre sich häuften, da mußte G. Bruno verbrannt, da mußte Galilei verurteilt werden. Denn mit den Kristallsphären des Himmels und mit der aristotelischen Physik brach das Dogma in der alten Form zusammen. Und doch ließ sich der Sieg der Erkenntnis nicht aufhalten. Leider wird diese Tatsache immer wieder vergessen. Immer wieder mischt man theoretisches Wissen in religiöses Fühlen. Das ist aber nur angängig, solange aus diesem Wissen kein starres Dogma gemacht wird.

Vor dieser Gefahr des Dogmatisierens hat sich die Weltanschauung jeder Zeit zu hüten, damit sie nicht mit dem Fortschritt der Erfahrung in Widerspruch gerate. Die Poesie ist dieser Gefahr entzogen, weil ihr das wissenschaftliche Zeitbewußtsein nur als Stoff dient. Ist es einmal durch die Dichtung in Form umgewandelt, so besitzt es eine neue Realität, eine eigene Bestimmung, die es unabhängig macht vom Wandel der Erkenntnis. Es besteht von nun ab nicht mehr als Ergebnis der Wissenschaft, sondern als *Idee*. Es gründet sein Bestehen nicht mehr auf Naturerkenntnis, sondern hat sein eigenes Leben im Reiche der Phantasie als jene Macht, die wir den schönen Schein nennen. Sie ist es, die das künstlerische Produkt unwiderlegbar macht, weil es auf eigenem, auf ästhetischem Gesetze beruht.

Gelingt es der Dichtung, die hypothetischen Bewohner der Planeten auf diesen Boden der ästhetischen Idee zu stellen, so können sie ihr von der Wissenschaft nicht bestritten werden, die ja über ihre physische Existenz nicht endgültig zu entscheiden vermag. Und fordert die Weltauffassung für uns Brüder in den Sternenweiten, so braucht auch sie keine Widerlegung durch die Astronomie zu fürchten.

Über tredition

Eigenes Buch veröffentlichen

tredition wurde 2006 in Hamburg gegründet und hat seither mehrere tausend Buchtitel veröffentlicht. Autoren veröffentlichen in wenigen leichten Schritten gedruckte Bücher, e-Books und audio-Books. tredition hat das Ziel, die beste und fairste Veröffentlichungsmöglichkeit für Autoren zu bieten.

tredition wurde mit der Erkenntnis gegründet, dass nur etwa jedes 200. bei Verlagen eingereichte Manuskript veröffentlicht wird. Dabei hat jedes Buch seinen Markt, also seine Leser. tredition sorgt dafür, dass für jedes Buch die Leserschaft auch erreicht wird.

Im einzigartigen Literatur-Netzwerk von tredition bieten zahlreiche Literatur-Partner (das sind Lektoren, Übersetzer, Hörbuchsprecher und Illustratoren) ihre Dienstleistung an, um Manuskripte zu verbessern oder die Vielfalt zu erhöhen. Autoren vereinbaren direkt mit den Literatur-Partnern die Konditionen ihrer Zusammenarbeit und partizipieren gemeinsam am Erfolg des Buches.

Das gesamte Verlagsprogramm von tredition ist bei allen stationären Buchhandlungen und Online-Buchhändlern wie z. B. Amazon erhältlich. e-Books stehen bei den führenden Online-Portalen (z. B. iBookstore von Apple oder Kindle von Amazon) zum Verkauf.

Einfach leicht ein Buch veröffentlichen: **www.tredition.de**

Eigene Buchreihe oder eigenen Verlag gründen

Seit 2009 bietet tredition sein Verlagskonzept auch als sogenanntes "White-Label" an. Das bedeutet, dass andere Unternehmen, Institutionen und Personen risikofrei und unkompliziert selbst zum Herausgeber von Büchern und Buchreihen unter eigener Marke werden können. tredition übernimmt dabei das komplette Herstellungs- und Distributionsrisiko.

Zahlreiche Zeitschriften-, Zeitungs- und Buchverlage, Universitäten, Forschungseinrichtungen u.v.m. nutzen diese Dienstleistung von tredition, um unter eigener Marke ohne Risiko Bücher zu verlegen.

Alle Informationen im Internet: **www.tredition.de/fuer-verlage**

tredition wurde mit mehreren Innovationspreisen ausgezeichnet, u. a. mit dem Webfuture Award und dem Innovationspreis der Buch Digitale.

tredition ist Mitglied im Börsenverein des Deutschen Buchhandels.

Dieses Werk elektronisch lesen

Dieses Werk ist Teil der Gutenberg-DE Edition DVD. Diese enthält das komplette Archiv des Projekt Gutenberg-DE. Die DVD ist im Internet erhältlich auf **http://gutenbergshop.abc.de**